Écoute ma voix

DU MÊME AUTEUR

Aux Éditions P.O.L.

Pour voix seule, 1993, et 10/18, 1996.

A l'École des Loisirs

Cœur de lardon, 1993.
Un parc magique, 1996.

Aux Éditions Desclée de Brouwer

Un cœur en chemin, 1998.

Aux Éditions du Seuil

Tobie et l'ange, 1999.

Aux Éditions Plon

Va où ton cœur te porte, 1995.
La Tête dans les nuages, 1996.
Anima Mundi, 1997.
Au cœur des choses, 2001 (Plon/Desclée de Brouwer).
Réponds-moi, 2001.

Susanna Tamaro

Écoute ma voix

Traduit de l'italien
par Marguerite Pozzoli

PLON

Titre original :
Ascolta la mia voce

ISBN édition originale : 88-17-01298-X, Rizzoli, Milan
ISBN Plon : 2-259-20580-1

A Daisy Nathan

Revenez à moi et je reviendrai à vous.

Malachie 3, 7.

Prélude

1

Peut-être le premier signe a-t-il été l'abattage de l'arbre.

J'ai découvert le désastre en rentrant de l'école. Sur le pré, à la place du noyer, il y avait un gouffre noir; le tronc, déjà scié en trois morceaux et dépouillé de ses branches, gisait au sol pendant qu'un homme au visage cramoisi, enveloppé dans la fumée sale du gasoil, tentait d'extirper les racines avec les crocs d'une excavatrice; l'engin grondait, soufflait, reculait, se cabrait au milieu des imprécations de l'ouvrier : ces maudites racines ne voulaient pas quitter la terre, elles étaient plus profondes que prévu, plus obstinées.

Mon arbre — l'arbre avec lequel j'avais grandi, et dont j'étais sûre qu'il m'aurait accompagnée au fil des ans, l'arbre sous lequel je pensais voir grandir mes propres enfants — avait été arraché. Sa chute avait entraîné beaucoup de choses avec elle : mon sommeil, ma gaieté, mon insouciance apparente. Le crépitement de sa chute, une explosion; un avant, un après; une lumière différente, l'obscurité qui se fait intermittente. Obscurité de jour, obscurité de nuit, obscurité en plein cœur de l'été. Et du fond de l'obscurité, une certitude : le marécage dans lequel je suis obligée d'avancer, c'est la douleur.

Après la mort du grand noyer, j'ai pleuré pendant des jours. Au début, tu as essayé de me consoler : comment le fait d'avoir coupé une plante pouvait-il provoquer un tel désespoir ? Toi aussi tu aimais les arbres, tu n'aurais jamais fait cela exprès pour me contrarier ; tu avais pris cette décision parce qu'il était source de problèmes, il était trop près de la maison et du cèdre ; les arbres ont besoin d'espace, me répétais-tu, et puis un jour, qui sait, une racine aurait surgi de l'écoulement de la baignoire comme le tentacule d'un nautile : je ne voulais tout de même pas qu'il arrive une chose aussi terrifiante ? Tu essayais de me faire rire, ou tout au moins sourire, sans succès.

La rancune n'a jamais été un de mes traits de caractère. La distance entre les planètes n'est la faute de personne, sinon des différentes lois de la gravitation ; l'horizon qui s'ouvre devant chacun de nous est différent, tu le savais toi aussi, qui me lisais toujours *Le Petit Prince* : chaque astéroïde possède son propre type d'habitant. J'éprouvais seulement une légère stupeur devant ton absence de considération pour le baobab : le noyer était exactement comme le baobab. Le rosier que tu as tenu à m'acheter, après, n'a pu le remplacer en aucune façon.

Une rose frappe la vue, l'odorat, mais ensuite on la coupe, elle se retrouve dans un vase et, enfin, dans les ordures. L'arbre aimé, en revanche, plante autour de notre cœur des racines qui, lorsqu'il meurt, se dessèchent et tombent, laissant, en guise de souvenir, des cicatrices minuscules, mais indélébiles.

Souvent, durant les soirées de mon enfance, tu t'asseyais auprès de mon lit et tu me racontais une histoire ; de tout ce tourbillon de princesses, de sortilèges, d'animaux monstrueux et de faits ahurissants, il ne m'était resté que deux images : les yeux jaunes des loups et les pas disgracieux et lourds du Golem ; les premiers étaient aux aguets dans les bois et sur les chemins solitaires, tandis que le Golem pouvait aller n'importe où, il savait ouvrir et fermer les portes, il ne dévorait pas les enfants et ne les transformait pas en monstres, et pourtant il me terrorisait plus que n'importe quelle autre créature ; ce que je respirais n'était pas de l'air, mais de la glace, dès que j'évoquais son nom.

Ecrasée par ces ombres menaçantes, au début de l'automne, par une nuit humide mais tempérée, j'avais décidé de me lever et de sortir.

Parce que ce noyer — qui était là avant et qui n'y était plus — était mon miroir, le premier miroir de ma vie. A genoux sur la terre blessée, regardant ce gouffre, inondée par la lumière sinistre de la lune, une graine à la main et le cœur apparemment vide, j'ai soudain compris que, durant les jours qui me seraient donnés, je ne bâtirais pas de palais ni de fortunes et ne fonderais même pas une famille. Pendant qu'une pigne du cèdre s'écrasait sur le sol près de moi, j'ai clairement vu que le chemin qui s'ouvrait devant moi était celui, ardu et perpétuellement solitaire, des questions.

2

Si j'évoque le souvenir de la maison, je la vois suspendue dans la lumière de l'aube. C'est encore l'automne car à la tiédeur des premiers rayons, le sol commence à fumer et la brume monte. Je la vois toujours d'en haut et de loin, comme si j'étais un oiseau en train de voler; je m'approche lentement et j'observe les fenêtres — quand elles sont ouvertes et quand elles sont fermées —, je vérifie l'état du jardin, l'étendoir à linge, la rouille du portail; je ne suis pas pressée de descendre, c'est comme si je voulais m'assurer que cette maison est vraiment la mienne, que cette histoire est mon histoire.

Il paraît que les migrateurs agissent de même : ils parcourent des milliers de kilomètres, puis, lorsqu'ils arrivent dans la zone où leur œuf avait éclos l'année précédente, ils commencent par tout vérifier : le marronnier aux fleurs blanches est-il encore là? Et l'automobile de couleur verte? Et cette dame si sympathique qui secouait toujours la nappe au-dessus du pré pour en faire tomber les miettes? Ils observent tout très attentivement car durant les mois passés dans les déserts d'Afrique, cette dame et cette automobile sont restées gravées dans leur esprit. Mais des dames gentilles et des autos vertes, il y en a beaucoup dans le monde : alors, quel est le facteur déterminant ?

Ce n'est pas une vision, mais une odeur, l'ensemble des arômes qui peuplaient l'air à proximité de leur nid ; si le parfum du lilas et celui du tilleul se superposent un instant, la maison, le lieu où il faut revenir, apparaît.

Mais l'odeur qui m'a assaillie à mon retour d'Amérique a été celle des feuilles mouillées qui n'arrivent pas à brûler ; c'était déjà le milieu de la matinée, notre voisin les avait entassées et il tentait vainement d'y mettre le feu, remplissant l'air d'une épaisse fumée blanche.

Tu avais émergé de cette fumée toi aussi, à peine un peu plus maigre que tu ne l'étais dans mon souvenir.

Persuadée qu'en traversant l'océan, j'arriverais à me débarrasser de toi, j'avais voyagé durant des mois, vu beaucoup de choses, rencontré beaucoup de gens, mais toute cette distance avait produit l'effet inverse de celui que j'espérais.

La haine que j'éprouvais à ton égard demeurait intacte. Je me sentais comme un renard à la queue touffue, j'avais frôlé le feu par mégarde et je marchais, suivie par les flammes ; partout où j'allais, il y avait de la fureur en moi, et de la douleur, et le désir d'échapper à l'incendie ; partout, l'incendie me suivait, de plus en plus grand, de plus en plus dévastateur. Quand j'ai glissé la clef dans la serrure du portail, une meule entière brûlait derrière moi, le foin était sec et crépitait, il se consumait joyeusement, en lançant des lueurs sinistres.

Tu étais dans l'allée, le balai à la main.

« Tu es là ! t'es-tu écriée. Le balai est tombé, le bois du manche a heurté la pierre avec un bruit sec.

— Ça me semble évident », ai-je répondu, et sans rien dire d'autre, je suis allée dans ma chambre, suivie par les jappements de Buck qui me faisait fête.

Les semaines suivantes, nos rites de férocité quotidienne ont repris — moi, je te haïssais et, toi, tu essayais d'éviter cette haine. Les jours où tu te sentais plus forte, tu tentais de la désamorcer, mais tes mouvements de boxeur sans entraînement avaient le don de m'irriter encore plus. « Qu'est-ce que tu veux ? criais-je. Disparais ! » Je t'appelais « la vieille », je donnais des coups de pied dans les portes, répétant, en guise de mantra : *crève crève crève crève crève...*

Difficile de comprendre comment cette haine s'était formée en moi. Comme tous les sentiments complexes, il n'était pas possible de l'attribuer à une seule cause, mais plutôt à un ensemble d'événements reliés, de manière défavorable, à des prédispositions innées de mon caractère.

Ce qui, dans ma petite enfance, avait été un ruisseau paisible, s'était transformé, aux premières lueurs de l'adolescence, en un fleuve dévasté par les pluies ; l'eau n'était plus verte, mais jaune, à chaque obstacle, elle se ridait avec un grondement puissant, dans les anses s'accumulaient toutes sortes de détritus : morceaux de polystyrène, sacs en plastique, ballons crevés, poupées nues et sans jambes, branches arrachées, chats morts, au ventre tendu comme un tambour — ils se cognaient les uns contre les autres avec un clapotement mou, impuissants, hargneux, incapables de se libérer; ainsi, dès l'enfance, sous la surface, beaucoup de choses que ni toi ni moi n'étions en mesure de voir s'étaient accumulées peu à peu; une parole dite ou non dite, un regard de trop, une étreinte manquée — toutes les incompréhensions normales d'une relation ordinaire — s'étaient transformés en nous, avec les années, en dépôt d'explosif.

J'ai dit « en nous » mais j'aurais dû dire « en moi » car, toi, tu essayais de toutes tes forces d'éviter l'explosion.

Tu te taisais, pensant que c'était la meilleure solution, tu parlais quand tu jugeais plus utile de le faire, mais tes silences et tes paroles étaient toujours hors de propos. « Pourquoi tu ne dis rien ? » criais-je, irritée par ton absence de réaction. « Pourquoi ouvres-tu la bouche ? » rugissais-je, sûre que ce que tu disais n'était rien d'autre qu'une provocation.

Il m'arrivait d'avoir des crises. L'électricité envahissait mon cerveau, des termites agressives couraient sous ma boîte crânienne, c'étaient elles qui éteignaient la lumière, leurs mandibules cisaillaient les câbles et tout était englouti dans l'obscurité. Puis, je passais de l'obscurité au calme reconquis. Soudain, à l'intérieur de moi il n'y avait plus un fleuve mais un lac, un petit lac de montagne, la lumière de l'aube teintait de rose les cimes et, dans le fond, des truites grasses se déplaçaient avec la souplesse des algues.

Oui, vraiment tout pouvait recommencer, de même que chaque nuit enfante un nouveau jour.

Les fenêtres s'ouvraient et la maison était envahie par l'air frais ; avec l'air, la lumière aussi entrait, il semblait ne plus y avoir de coins sombres ; ensemble, nous préparions une tarte, ensemble, nous sortions faire les courses ou allions à la bibliothèque pour y choisir de nouveaux livres.

« Pourquoi ne prends-tu pas tes cachets ? » me disais-tu, et moi, pendant deux ou trois semaines, je t'obéissais.

Les semaines tranquilles.

C'était beau, ces jours-là, de pouvoir respirer, marcher, de regarder alentour sans entendre continuellement derrière soi le grésillement de la mèche, c'était réconfortant de dormir et de se lever sans craindre d'exploser.

Mais comme toutes les belles choses, cela ne durait qu'un temps.

Brusquement, un matin, j'ouvrais les yeux et j'étais assaillie par l'ennui de la paix, cette vie linéaire et responsable n'était plus la mienne ; il n'était plus à moi, le monde du bon sens où les actions se succédaient, aussi insouciantes que des enfants qui font une ronde.

J'avais besoin de la douleur pour me sentir vivante, elle devait couler dans mes veines en même temps que l'hémoglobine, c'était le seul moyen d'exister réellement. Je savais que c'était un acide, un poison, un nuage toxique, je pressentais qu'il attaquerait mes intérieurs et tout ce avec quoi j'entrais en contact, mais je ne pouvais y renoncer. La bonté, la sagesse n'avaient pas autant d'énergie, c'étaient des sentiments faibles, monotones, dépourvus de véritable direction.

A quoi cela servait-il d'être bon ? A vivre une vie de fantoche, l'existence d'un tas de pommes de terre, victime inerte de volontés plus fortes ?

Et puis, c'était quoi, la bonté? Une nuée indistincte d'actions innocentes, la mélasse à traverser pour parvenir à je ne sais quelle forme de récompense, l'odieux bavardage des talk-show de l'après-midi. Que pouvais-je bien faire d'une marchandise aussi médiocre? Rien, absolument rien.

De l'aube au coucher du soleil, je marchais comme si j'étais un volcan en éruption, du cœur au feu le contact était direct, il n'y avait pas d'échappatoire : le magma incandescent et fluide se mouvait à l'intérieur de moi, il montait et descendait à un rythme irrégulier; parfois il débordait, comme l'eau d'un récipient trop plein.

A dix, onze, douze ans, je pouvais encore rester près de toi à lire sur le canapé, mais à treize ans, je commençais déjà à donner des signes d'impatience; à quatorze, la seule histoire que je voulais vraiment connaître, c'était la mienne.

C'est lors d'un de ces après-midi de lecture — nous étions en avril, une pluie froide tombait sur le jardin — que, brusquement, quelqu'un d'autre est sorti de moi; nous étions en train de lire *Les Mille et Une Nuits*, l'un de tes textes préférés, quand je me suis levée d'un bond en maugréant : « Je n'en peux plus de ces conneries! »

Tu as baissé le livre, incrédule.

« Mais comment parles-tu?!

— Je parle comme ça me plaît », ai-je répondu; et j'ai quitté la pièce en claquant la porte.

Durant toute mon enfance, alors que mes camarades se gavaient de programmes télévisés, tu avais rempli ma vie de contes, de poèmes, d'histoires extraordinaires. Tu aimais la lecture et tu voulais me transmettre ta passion, ou peut-être étais-tu convaincue que le fait d'être nourri de belles choses constituait un antidote à l'horreur.

Aussi loin que je me souvienne de notre vie commune, entre toi et moi, il y a toujours eu un livre : c'était le chemin à travers lequel tu savais conduire les relations, c'était ton univers, celui avec lequel tu avais grandi, la bourgeoisie hébraïque qui avait troqué la lecture de la Torah pour celle des romans. Avec les livres, on comprend mieux la vie, disais-tu souvent, à travers la lecture, on peut saisir en profondeur les émotions.

Était-ce contre cela que je me rebellais ? Contre ta prétention à comprendre les choses ? Ou contre le fait que malgré la grande quantité de personnages immortels qui, chaque jour, arpentaient familièrement le territoire de mes rêves, au lieu de devenir plus sage, j'étais de plus en plus inquiète ? Pourquoi, au lieu de sentir la profondeur des émotions, en percevais-je la fausseté ?

C'était comme si, au cours des ans, l'échafaudage de notre relation avait été construit par des mains inexpertes : au début, il paraissait solide mais ensuite, en s'élevant, il avait commencé à révéler ses défauts ; il suffisait d'un peu de vent pour le faire osciller. Le long des tubulures, d'innombrables personnages avaient grimpé : Oliver Twist et Michel Strogoff, Aladin et le Petit Prince, la Petite Sirène et le Vilain Petit Canard, le Golem et la sorcière de Hansel et Gretel, les meutes de chiens de Croc-Blanc, Urashima et la divinité massive et bienveillante de Ganesh qui, au milieu d'une sarabande effrénée de *dibbuks* [1] , faisaient grincer les tuyaux de manière sinistre. Ils étaient tous là, entre toi et

1. Dans la mythologie juive d'Europe de l'Est, un *dibbuk* est un esprit qui hante le corps d'un individu. (*N.d.T.*)

moi, certains assis, d'autres debout, et leurs visages s'interposaient entre les nôtres, leurs corps projetaient des ombres sur notre histoire alors que, moi, je voulais de la lumière, la lumière de la sincérité, la lumière de la clarté.

Cette lumière qui m'aurait permis de voir les seuls visages que je voulais réellement voir, ceux de mes parents.

Oui, le temps de l'inquiétude a été celui de la réapparition de ma mère. Jusque-là, sa présence était discrètement restée à l'arrière-plan : il y avait nous deux et, dans notre relation, nous étions — ou nous croyions être — autonomes : pas de désaccords, pas de questions indiscrètes, les jours glissaient comme un train au milieu du brouillard, tout était ouaté, dénué de véritable épaisseur, l'étroitesse des rails nous donnait la certitude de la paix.

Puis, un matin de mai, en me réveillant, je m'étais aperçue pour la première fois qu'il n'y avait pas une seule photographie d'elle dans toute la maison : ni au salon, ni à la cuisine, ni même dans ta chambre, et tu n'avais même pas eu le bon goût d'en mettre une dans la mienne. Le souvenir de son visage était confié à ma mémoire, mais à l'époque j'étais petite et, au fil des ans, ses traits, comme un dessin trop longtemps exposé à la lumière, avaient commencé à pâlir, se confondant avec d'autres traits, d'autres fragments d'histoires.

Qui était ma mère ?

D'elle, je ne savais que deux choses : elle était morte dans un accident de voiture, et elle avait fréquenté l'université de Padoue sans jamais obtenir de diplôme.

Un matin, j'ai fait irruption dans la cuisine, le lait était déjà sur le feu, que tu t'apprêtais à éteindre.

« On n'a pas de photo d'elle ! me suis-je écriée.

— De photo de qui ? »

A l'intérieur de moi, j'ai entendu le même bruit que lorsqu'on marche sur la glace, ma gorge a tremblé un instant avant que je parvienne à dire :

— De maman.

Deux jours après, sur ma table de nuit est apparu un petit cadre à l'intérieur duquel se trouvait une image en noir et blanc : une petite fille vêtue d'une jolie robe à smocks. Elle était assise sur une balançoire, la balançoire en métal rouge que nous avions dans le jardin.

« Ce n'est pas ta fille que je veux, ai-je dit, c'est ma mère. »

Avant de déchirer la photo, j'ai eu le temps de lire au verso : *Ilaria, 1958*.

Peu après, un Polaroïd aux couleurs fanées est apparu dans ma chambre ; il représentait une jeune femme dans une salle enfumée ; elle avait le menton appuyé sur sa main et semblait écouter quelqu'un.

3

Maintenant, je sais que les événements peuvent avoir des nuances différentes, ce que nous percevons avec notre vue étriquée est presque toujours partiel. Peut-être avais-tu craint de me perturber avec les souvenirs, peut-être que pour toi, la douleur était encore trop forte — au fond, dix ans seulement s'étaient écoulés— et tu n'étais pas capable de supporter une photo d'elle dans la maison. Peut-être préférais-tu garder son regard et son visage enfermés au fond de ton cœur ; c'était là que tu avais érigé un autel, c'était là, dans le silence et dans l'obscurité, que tu commémorais l'atrocité de la perte.

A l'époque, pourtant, avec la fureur manichéenne de l'adolescence, je ne voyais qu'une partie de la réalité : l'effacement. Tu avais perdu une fille et tu ne voulais pas te souvenir d'elle : quel plus grand indice de la perversité de l'âme ? Et en plus, cette fille était ma mère, morte prématurément après une vie en clair-obscur.

Tu ne m'avais presque rien raconté d'elle. Bien sûr, j'aurais pu moi aussi te poser des questions, et toi, sûrement, d'abord avec une certaine gêne, puis avec un peu plus d'aisance, tu m'en aurais parlé, et en revivant ces moments, la glace de ton cœur aurait fondu ; moi, j'aurais donné un nom à mes souvenirs et, toi, tu te serais libérée du poids des tiens ; à la fin, nous nous serions étreintes et serions restées longtemps ainsi, le visage humide de larmes, pendant que le soleil se serait couché derrière nous et que toutes les choses environnantes auraient sombré dans la pénombre.

J'aurais pu le faire, mais je ne l'ai pas fait. C'était le temps des conflits et tout devait se heurter : le mur contre le mur, contre l'acier, le marbre, le diamant. Celle de nous deux qui avait la tête la plus dure, le cœur le plus féroce, finirait par survivre. Dans mon obsession accusatoire, j'étais persuadée que tu avais agi comme ces animaux qui, parfois, ravissent les petits de leurs semblables et se les approprient. Tu désirais rester jeune, ou peut-être étais-tu jalouse de ta fille, c'est pourquoi tu lui avais soustrait la sienne, son unique source de joie. Bref, d'une certaine manière, ta volonté avait interféré sur la vie de ma mère : sur sa vie et sur sa mort, car en cela aussi — désormais, c'était clair pour moi — tu devais avoir eu une part secrète de responsabilité.

Parfois, je me dis que ce serait très beau si, à un certain moment de notre enfance, quelqu'un nous prenait à part et nous montrait, à l'aide d'une longue baguette, comme sur une carte géographique suspendue à un mur, la carte des jours à venir. Nous resterions là, assis sur un escabeau, le menton levé, à écouter un monsieur (je l'imagine avec une barbe blanche et un complet kaki, géographe, naturaliste ou quelque chose de ce genre) qui nous expliquerait le parcours le plus sûr pour nous aventurer dans ce territoire mystérieux.

Pourquoi personne ne nous indique-t-il les points où il faut faire attention ? Ici, la glace est plus mince, là elle est plus épaisse : avancer, dévier, reculer, s'arrêter, éviter. Pourquoi devons-nous toujours traîner le poids des gestes non faits, des phrases non dites ? Ce baiser non donné, cette solitude que je n'ai pas étreinte. Pourquoi, dès notre naissance, vivons-nous plongés dans cette extraordinaire myopie ? Tout nous semble éternel, et notre volonté règne, têtue, sur ce petit royaume confus qui s'appelle « moi », auquel nous rendons hommage comme à un grand souverain. Il suffirait d'ouvrir les yeux juste une seconde pour s'apercevoir qu'en réalité, il s'agit d'un prince d'opérette, volubile, affecté, incapable de dominer et de se dominer, incapable de voir un monde en dehors de ses propres frontières, qui par ailleurs ne sont que les coulisses, changeantes et étriquées, d'une scène de théâtre.

Combien de mois étaient passés depuis mon retour ?

Trois, peut-être quatre. Durant ces mois, des mois de guérilla, je ne m'étais aperçue de rien, je ne m'étais pas rendu compte que ta démarche était parfois différente, que dans ton regard, par moments, de manière inattendue, flottait je ne sais quel égarement.

J'ai eu le premier indice un matin où la *bora* [1] soufflait fort : j'étais allée acheter le pain et le lait avant que le sol ne soit gelé ; quand je suis rentrée à la maison, tu m'as accueillie avec un sourire stupéfait, en battant brièvement des mains :

1. Vent de nord-est, sec et froid, qui souffle violemment dans la région de Trieste, en Istrie et en Dalmatie. (*N.d.T.*)

« J'ai une nouvelle à t'apprendre : nous avons des extraterrestres dans la cuisine !

— Mais qu'est-ce que tu racontes ? »

Je ne savais si je devais rire ou me mettre en colère.

« Tu ne me crois pas ? Viens voir, je ne plaisante pas. »

Nous avons inspecté la cuisine de fond en comble, tu ouvrais les tiroirs, le four, le réfrigérateur, en proie à une agitation croissante.

« Et pourtant, ils étaient là il y a une seconde, ne cessais-tu de répéter. Je te dis qu'ils étaient ici ; maintenant, tu vas croire que je me suis moquée de toi. »

Je te regardais, perplexe.

« Ils étaient sept ou huit. Ils sont apparus entre les brûleurs de la cuisinière dès que j'ai ouvert le gaz ; quand j'ai éteint, ils se sont déplacés dans l'évier.

— Et qu'est-ce qu'ils faisaient ?

— Ils dansaient. Je n'entendais aucune musique, mais je suis sûre qu'ils dansaient.

— Ils sont peut-être partis par les tuyauteries.

— Les tuyauteries ? Oui, peut-être, peut-être qu'ils entrent et sortent par les robinets. »

A partir de ce jour, les extraterrestres ont cohabité avec nous dans la maison. Je t'avais vainement expliqué que les extraterrestres descendent des soucoupes volantes, que seuls les savants de la Nasa ou ceux qui ont trop levé le coude les voient, qu'il était vraiment impossible qu'ils dansent dans les cuisines d'une maison : s'ils avaient atterri dans le jardin, tout le voisinage s'en serait aperçu et les arbres auraient pris feu.

Tu m'écoutais tranquillement, mais à ton regard, je comprenais que tu n'avais pas renoncé à ton idée.

« Ils me font davantage penser à des *dibbuks* qu'à des extraterrestres », t'ai-je suggéré un jour. Tu as haussé les épaules, exaspérée, comme pour me dire : appelle-les comme tu voudras.

D'après ta description, ils étaient verts, le vert tendre des petits pois frais, et même leur consistance était semblable à cette cosse ; en revanche, leurs bras et leurs jambes rappelaient les pattes d'un gecko, mais en position érigée. Leur queue était courte et glabre et, à la place de la bouche et du nez, ils avaient une grande trompe avec laquelle ils parlaient, mangeaient, respiraient. Ils apparaissaient et disparaissaient aux moments les plus imprévus, descendaient par la cheminée, nageaient dans la baignoire et, de leurs menottes gluantes, nous saluaient à travers le hublot de la machine à laver. Parfois, tu avais l'impression qu'ils volaient ou grimpaient aux rideaux comme de petits marsupiaux. Désormais, ils ne se contentaient plus de danser, ils riaient. « Ils rient de moi ! », disais-tu, furieuse, en traversant la maison, cheveux dénoués.

Tu marchais continuellement, sur un rythme frénétique : dans la maison, de long en large, tu sillonnais le jardin, sans trêve, même la nuit (chose que tu n'avais jamais faite auparavant), montant et descendant l'escalier, ouvrant et refermant les tiroirs ; parfois, il me semblait avoir dans la maison une souris danseuse, une de ces souris qui, à cause d'une anomalie génétique, tournent continuellement en rond, *tic tic tic, tic tic tic.*

Tes pas hantaient toutes mes nuits.

Deux ou trois fois, je me suis levée et t'ai attrapée par les épaules — elles étaient maigres, fragiles — pour te secouer :

« Qu'est-ce que tu cherches ? »

Tu m'as scrutée, avec une suffisance presque hautaine.

« Tu ne comprends pas ? J'essaie de me défendre. »

Un matin, à l'aube, tout habillée et d'un pas assuré, tu t'es dirigée vers le village ; à huit heures, l'épicier t'a trouvée devant la porte de son magasin.

« Je cherche quelque chose contre les extraterrestres », lui as-tu dit avant même qu'il lève le rideau de fer.

Il avait vainement essayé de te calmer en te proposant un antimites — qui de toute façon aurait pu les faire fuir — ou un liquide capable de chasser des tuyaux n'importe quel intrus. Tu avais abattu ton petit poing sur le comptoir en criant : « C'est une honte ! » et tu étais sortie comme une furie.

Depuis ce jour, quand je me rendais au village pour faire les courses, il y avait de plus en plus souvent quelqu'un pour me demander, avec une indifférence feinte : « Comment va votre grand-mère ? »

4

Dans une maison abandonnée, la dégradation progresse de manière lente mais inexorable, la poussière s'accumule, les murs qui ne sont plus chauffés commencent à emmagasiner le froid de l'hiver et la chaleur de l'été ; faute d'aération, la chaleur et l'humidité transforment la maison en sauna, les peintures s'écaillent, tombent en poussière ; peu après c'est le tour du mortier, il se détache des parois et dégringole sur le sol avec des bruits de plus en plus sourds, comme la neige qui glisse des toits, au moment du dégel. Une rafale de vent, et les vitres se retrouvent brisées. Les changements climatiques deviennent plus violents, pluie et vent pénètrent sans obstacles, de même que les rayons brûlants et les tas de feuilles mortes, les papiers, les morceaux de plastique, les brindilles, accompagnés de toutes sortes d'insectes et d'oiseaux, de souris et de chauves-souris ; des colonies de pigeons nidifient sur le sol, les bourdons construisent leur nid sur une poutre du plafond pendant que les fers-à-cheval leurs préfèrent le lampadaire ; ce qui reste du sol est rongé par les excréments, et les dents des rongeurs se chargent d'effriter le reste.

Ainsi, ce qui avait été une jolie maison n'est plus qu'une construction uniquement habitée par des spectres ; il ne viendrait à l'idée de personne d'ouvrir cette porte : trop dangereux, les infiltrations continuelles ont fait moisir les greniers, il suffit d'un poids minime pour tomber à l'étage du dessous. Le sol s'effondre et entraîne avec lui tout ce qui avait été la vie de la maison : l'un après l'autre, tous les meubles s'écroulent, les vases dégringolent, les assiettes, les verres, les pots de fleurs, les albums de photos, les manteaux, les chaussures, les pantoufles, les recueils de poésie, les photos des petits-enfants, les souvenirs de voyage.

Durant ces très longs mois, l'image de la dégradation de la maison était de plus en plus présente à mon esprit ; je visualisais une pièce, puis je la voyais s'écrouler, pas d'un coup mais progressivement, comme si la réalité environnante avait une autre consistance — sables mouvants ou gélatine —, les choses tombaient mais, au lieu de se briser, elles étaient englouties dans un néant silencieux, et dans ce vide, seuls les fantômes se mouvaient, ils entraient et sortaient par les fissures avec la souplesse des anguilles.

Pendant des années, peut-être des décennies, les extraterrestres avaient sommeillé quelque part dans ton cerveau ; ils avaient probablement surgi d'un documentaire sur ce sujet, avec leurs petits pieds en forme de ventouse et leur nez-bouche en trompette, ils étaient entrés dans ta tête et y étaient restés sans jamais donner signe de vie. Pendant que tu cuisinais, parlais, conduisais la voiture, lisais des livres, écoutais de la musique, répétais par cœur des poèmes, cette petite colonie était là, suspendue dans une sorte de demi-sommeil, attendant seulement que cèdent les gonds et qu'une rafale plus violente que les autres les délivre.

Oui, les extraterrestres-*dibbuks* avaient été un avertissement. J'aurais dû m'alarmer à ces premiers signaux, me préparer au combat, alors que je n'avais même pas revêtu mon armure et ne pouvais m'imaginer que la guérilla de la maison se déplacerait sur un autre front, que ce ne serait plus moi qui tendrais des embuscades, mais un ennemi invisible qui attaquait sur deux fronts.

Je devais te défendre, et me défendre moi-même. Jour après jour, ta mémoire s'effondrait comme le grenier d'une maison inhabitée.

Elle s'effondrait et se peuplait de fantômes.

A certains moments, entre toi et moi, il y avait une foule, nous vivions avec cette sinistre compagnie, les pieds posés sur un sol aussi mince et transparent qu'une pâte feuilletée.

Deux mois après l'apparition des extraterrestres, j'ai appelé le médecin et, pour ne pas t'alarmer, j'ai fait semblant de l'appeler pour moi.

Ce jour-là, tu t'es comportée de manière totalement naturelle, tu as étendu une belle nappe sur la table du jardin, sous la gloriette, offert des biscuits et du thé froid au docteur, ton vieil ami. Lui, avec nonchalance, t'a posé des questions, et toi, tu lui as répondu joyeusement ; puis vous vous êtes mis à parler des vacances toutes proches, d'un de ses petits-enfants qui allait arriver et du meilleur moyen de combattre les pucerons des roses : on t'avait dit que la solution la plus efficace et la plus économique était de les arroser avec de l'eau mélangée à des mégots de cigarettes.

« Eh oui ! avait dit le médecin en guise de commentaire, si ça nous tue, nous, ça doit bien tuer les pucerons. »

Je te regardais, et je me sentais désemparée. Où étaient passés les hôtes indésirables de la cuisine ?

Au fond du pré, un merle réclamait son territoire avec insistance, des moucherons se pressaient au-dessus d'un bout de plate-bande particulièrement humide pendant que la lumière du coucher de soleil frappait leurs ailes, les transformant en petits éclats dorés ; au bruit d'un cerf-volant au-dessus de notre table, tu t'es levée.

« Je vous laisse un peu seuls, les hortensias ont soif. »

Nous t'avons suivie des yeux en silence jusqu'à la pompe ; Buck te talonnait, en aboyant contre le tuyau de caoutchouc noir qui glissait dans l'herbe. Jouait-il ? Essayait-il de se défendre ? Qui sait ?

Restés seuls, je n'ai pas eu de mal à convaincre le médecin que ce calme et cette normalité n'étaient qu'une apparence. Dans les maladies qui touchent la mémoire et la personnalité, m'a-t-il expliqué, une sorte de contrôle subsiste, les premiers temps ; inconsciemment, on s'efforce, devant des étrangers, d'avoir un comportement habituel, comme si une sorte de pudeur extraordinaire venait protéger la personne.

Tu avais déjà eu une attaque cérébrale quand j'étais en Amérique — je l'ignorais ? Il avait dû y avoir, probablement, un autre épisode ischémique, le cerveau était de moins en moins irrigué, l'hippocampe commençait à flancher ; les jours disparaissaient en premier, puis les mois, les années, les voix et les visages, comme dans une succession de tsunamis : chaque vague emportait un détail, l'amenait en pleine mer, dans l'océan, dans un lieu d'où il était impossible de revenir. Les rares choses capables de résister étaient, de toute façon, déformées par la violence de l'impact.

Tu étais toujours en train d'arroser le massif de fleurs, nous voyions ta silhouette se déplacer à contre-jour, noyée dans la poussière lumineuse des gouttelettes en suspension.

« Ça peut se soigner ? » ai-je demandé.

Le médecin a écarté les bras.

« Il n'y a pas vraiment de remède. Juste quelques calmants.

— Et ça peut durer combien de temps ?

— Tant que le cœur tient. Cela semble cruel, mais c'est comme ça. La tête s'en va et le cœur résiste, il peut battre des années dans un corps qui n'est plus qu'une coquille vide. »

Quand j'ai raccompagné le docteur jusqu'au portail, tu l'as salué de loin de ta main ouverte, comme une petite fille qui part pour une randonnée scolaire.

La journée s'est achevée sans surprise. Après avoir arrosé le jardin, tu es rentrée à la maison et tu as préparé le dîner. Par la fenêtre ouverte arrivaient les premiers effluves de l'été, parfumés, chauds, chargés d'espérance. Nous avons parlé de livres, tu voulais relire *Les Buddenbrook*. « Ce n'est pas ennuyeux ? ai-je demandé. — Pas du tout ! » et tu as commencé à me raconter l'histoire du brasseur Permaneder, de sa femme et de tous les personnages qui étaient restés dans ta mémoire depuis des années.

Avant d'aller nous coucher, nous nous sommes embrassées en nous souhaitant bonne nuit, il y avait longtemps que je ne le faisais plus, même avant de partir en Amérique.

Dans mon lit, j'ai pensé que tu avais peut-être plaisanté, tu t'étais moquée de moi et maintenant le jeu avait cessé, et je me suis endormie avec cette idée.

Le lendemain matin, j'ai été réveillée en sursaut; ton visage furieux me dominait : « Tu m'as volé mes pantoufles ! »

En l'espace de quelques semaines, je me suis retrouvée en train de cohabiter avec une parfaite inconnue; les extraterrestres avaient disparu, mais la manie de la persécution les avait remplacés.

Le monde entier conspirait contre toi.

Une conjuration faite de chuchotements malveillants, de moqueries dans ton dos, de vols continuels; tes pantoufles disparaissaient, ainsi que ta robe de chambre, ton sac et ton manteau; les clefs de la maison et tes lunettes s'évanouissaient dans le néant; quelqu'un avait volé les casseroles avec lesquelles tu voulais cuisiner et le déjeuner que tu venais de préparer; dans le frigo, il n'y avait plus trace de la nourriture que tu avais achetée, et dans la salle de bains, la savonnette s'était volatilisée. Comme les extraterrestres avaient disparu, c'était moi la responsable de ces vols, je prenais ces objets pour le plaisir de te contrarier, pour transformer ta vie en un enfer de recherches.

Tu t'étais procuré, chez le quincaillier, une grande quantité de cadenas et de chaînes avec lesquels tu attachais et enfermais tout. Pour ne pas perdre les différentes clefs, tu les avais glissées dans un long ruban rouge que tu gardais au cou; ce tintement continuel, ajouté au piétinement de tes va-et-vient incessants, est un bruit de fond qui m'a poursuivie durant des mois.

Tu m'accusais des pires méfaits, et je ne savais comment me défendre, les quelques mots que j'essayais de dire étaient comme un liquide inflammable, quelques gouttes suffisaient pour te faire exploser ; tu devenais alors rouge de colère, ta mâchoire se contractait, tes paupières se serraient, tes mains fines griffaient l'air ; tu passais des heures à répéter des malédictions impossibles à répéter. Tu ouvrais et fermais les tiroirs, la mine furtive, tu transportais les objets d'un lieu à un autre, encore plus secret. Tu ouvrais et fermais les armoires, le réfrigérateur, le four. Tu montais et descendais les escaliers. Tu ouvrais et fermais les fenêtres, tu t'y mettais brusquement afin de découvrir quelqu'un aux aguets, tu agissais de même avec la porte d'entrée : tu étais sûre d'avoir vu quelqu'un — derrière les montants se cachaient des présences qui te scrutaient avec malignité, il fallait les combattre implacablement, les prendre toujours de vitesse.

Pour créer un minimum de complicité avec toi, je t'aidais à organiser les différentes stratégies de défense ; j'avais acheté un petit sifflet et t'avais confié qu'il était magique, qu'il avait le pouvoir de tenir à distance les forces du mal. Tu me l'avais arraché des mains, les yeux écarquillés de stupeur. « C'est vrai ? Ça marche ? » avais-tu répété, avec un soulagement mêlé de gratitude.

En effet, pendant quelque temps, cela avait marché.

Désormais, dans la maison, au bruit de tes pas, au tintement des chaînes, s'était ajouté ce sifflement aigu, ponctuellement accompagné par l'aboiement de Buck, perturbé par les fréquences trop élevées. Au milieu de cette symphonie infernale, c'était moi, désormais, qui errais comme un fantôme. Les rares moments où tu cédais au sommeil, je m'arrêtais pour te contempler : tu étais ramassée sur toi-même, en position de défense, poings serrés, lèvres tendues; les muscles de ton visage continuaient à bouger sans trêve, de même que tes yeux, sous le voile des paupières.

Tout en épiant tes traits, j'essayais de retrouver la personne qui m'avait élevée. Qu'était-elle devenue ? Qui était cette vieille femme qui se trouvait devant moi ? D'où sortait-elle ? Comment était-il possible qu'une personne douce et gentille se transforme en son contraire ? Mesquinerie, colère, suspicion, violence — d'où avait explosé toute cette ordure ? L'avait-elle couvée depuis toujours à l'intérieur d'elle-même ou avait-elle simplement réussi à la contrôler durant toutes ces années, et maintenant, sans les freins inhibiteurs de la santé mentale, elle manifestait ce qu'elle aurait toujours voulu être ? Ou était-ce vraiment un *dibbuk*, une entité venue de l'extérieur ? Etait-il possible que ce *dibbuk* entre aussi en moi ?

Peut-être que, comme certains robots des films de science-fiction, nous renfermons tous, dès le début, caché entre la pie-mère et la dure-mère, un programme d'autodestruction ? Qui en règle l'horloge ? Qui en établit la durée ?

Je n'avais jamais pris le temps de me demander si le ciel était, ou non, habité par Quelqu'un de différent des extraterrestres, mais durant les longs après-midi d'automne, pour la première fois, en y réfléchissant, je m'étais donné une réponse : le ciel est vide ou, s'il ne l'est pas, l'entité qui l'habite se désintéresse totalement de ce qui se passe ici-bas, bref, il s'agit de quelqu'un qui, en créant son petit jeu, a eu plusieurs moments de distraction.

Comment expliquer, sinon, qu'une personne renferme en elle une forme de dégradation si terrible ? Qu'en quelques mois, une vie de dignité et d'intelligence soit anéantie ? Que la mémoire puisse disparaître ainsi, comme si l'on avait passé une éponge ? Quelle hypocrisie il devait y avoir chez ceux qui parlaient d'un Père plein de bonté ! Quel père souhaiterait un destin semblable pour ses propres enfants ?

Souvent, la nuit — pour échapper au claquement continuel de tes pas, au sifflet, au grincement des gonds, je me réfugiais au fin fond du jardin.

Vue de l'extérieur, la maison semblait vraiment la nef des fantômes : je te voyais apparaître, annoncée par le tintement des clefs, et disparaître telle une ombre derrière les fenêtres éclairées, pendant que, de la route nationale, montait le fracas des camions et résonnait l'aboiement solitaire des chiens, dans les villas des alentours.

Les nuits de grand vent, les pins noirs au-dessus de moi grinçaient comme la mâture d'un navire.

Je restais là, pelotonnée sur moi-même, et j'arrivais enfin à pleurer. Plus que de douleur, de rage ; des pleurs, je passais aux coups de pied, je frappais les troncs avec violence, je criblais leur écorce de coups de poing jusqu'à ce que le sang coule le long de mes poignets. *Fais-moi mourir !* criais-je au vent, en élevant la voix afin qu'il porte mes paroles très loin, très haut. *Fais-la mourir, emporte-la, détruis-la, pulvérise-la ! Si tu ne veux pas d'elle, prends-moi, au moins ! Oui, si tu existes, Toi, là-haut, fais-moi mourir !* Puis, je me jetais par terre et j'étreignais Buck, qui, effrayé, remuait la queue, couché à mes pieds.

Un matin, au réveil d'une de ces nuits à la belle étoile, j'ai craint d'avoir été exaucée ; j'avais dormi plus longtemps que d'habitude et, quand je suis rentrée à la maison, il régnait un calme insolite : aucun bruit de pas, ni coup de sifflet ni bruit de chaînes, pas une imprécation, rien.

Au bout de quelques minutes d'attente incrédule, j'ai entrouvert avec précaution la porte de ta chambre, craignant d'y trouver ton corps ; habitée par la même crainte, j'ai inspecté chaque pièce : il n'y avait aucune trace de toi.

Je suis descendue au jardin, Buck sur mes talons, mais tu n'étais pas près des hortensias, ni dans le bûcher, ni même au fond du garage. Tu ne pouvais pas avoir pris la voiture, car depuis longtemps j'avais fait disparaître les clefs ; donc, si tu étais sortie, tu l'avais fait à pied, même si ton manteau était à sa place, de même que le sac dont tu ne te séparais jamais.

J'étais sur le point d'aller chez les carabiniers pour signaler ta disparition, quand le téléphone a sonné : c'était le marchand de fruits et légumes, il t'avait arrêtée alors que tu te trouvais à un carrefour, pieds nus et en combinaison, et il t'avait emmenée avec lui au magasin.

« Nous sommes dans le tunnel, répétais-tu sans arrêt. Papa, maman, nous sommes dans le tunnel, nous avons réussi ! »

Depuis quelque temps, ta nouvelle obsession était les bombardements et les Allemands qui frappaient à la porte. Lorsque tu m'as vue, tu m'as accueillie avec hostilité, sans me reconnaître. « Qu'est-ce que vous me voulez ? » C'est seulement quand je me suis approchée de toi pour te dire à l'oreille que j'étais la responsable de la défense antiaérienne que tu m'as donné la main et que tu m'as suivie à la maison, avec la docilité d'une petite fille fatiguée.

A partir de ce matin, ce sont tes fugues et tes gestes inconsidérés qui ont constitué le principoal danger. Tu te lavais les mains au-dessus des feux de la cuisinière ; si tu voulais manger de la confiture, tu cassais le pot, et comme si de rien n'était, tu avalais aussi les morceaux de verre ; si, par souci de sécurité, je t'enfermais dans une pièce, tu hurlais qu'il fallait se précipiter dans l'abri parce que l'alarme avait déjà sonné ; quand Buck apparaissait sur le pas de la porte, peut-être parce qu'il présentait une vague ressemblance avec un berger allemand, tu criais : « Voilà la Gestapo ! » et, le visage sillonné de larmes, tu courais te cacher.

Après avoir été une personne hostile, j'étais devenue une étrangère, tu ne savais jamais qui j'étais. Durant ces mois-là, pour survivre et pour que tu survives, je me suis transformée, tel le génie d'Aladin que tu aimais tant, en une foule de personnages différents.

Le jeu a pris fin un matin venteux de décembre. J'étais allée faire des courses ; à mon retour, je t'ai trouvée étendue dans le jardin ; tu étais en chemise de nuit, les pieds nus souillés de terre, et Buck geignait à côté de toi. Poursuivie par l'un de tes fantômes, tu étais sortie de la maison précipitamment ; tu avais sans doute trébuché sur une racine et, en tombant, tu t'étais cogné la tête contre un arbre. Tu gisais sur le dos, un bras en avant comme si tu nageais dans l'herbe, et tu souriais. Un filet de sang sillonnait ton front et, sous tes paupières, tes yeux enfin étaient immobiles.

5

Tu n'es pas morte ce matin-là mais trois jours plus tard, dans une salle d'hôpital.

L'ange de la mort à l'épée flamboyante est descendu avant l'aube, pendant que j'étais à la maison et que je me retournais dans mon lit, en proie à l'inquiétude. Buck a dû le sentir car le matin, je ne l'ai pas trouvé dans le jardin à m'attendre, comme d'habitude ; il disparaissait souvent, et je ne me suis donc pas inquiétée outre mesure, mais dans l'après-midi, j'ai reçu un coup de fil d'une personne qui avait lu le numéro de téléphone sur sa petite médaille ; il avait été renversé par une voiture non loin de l'hôpital. Peut-être courait-il là-bas pour te saluer, ou pour profiter du même voyage pour l'outre-tombe. Son corps, m'a-t-on annoncé, avait déjà été apporté à l'incinérateur.

Pour la sépulture de ton corps, en revanche, il n'y avait que quatre ou cinq personnes : les voisins, et deux ou trois vieilles amies encore capables de se tenir debout. Le prêtre a parlé comme un concessionnaire automobile, des paroles convenues et vaguement ennuyées, pour vanter la qualité du produit.

Il ne restait que quelques jours avant la fin de l'année ; à la sortie du cimetière, nous avons été salués par une salve de coups de pétard.

Dans le bus, un groupe d'adolescents chahutaient gaiement, ils devaient avoir déjà bu copieusement ; l'un d'eux était coiffé d'un bonnet de père Noël, un autre portait un masque de mort-vivant.

De retour à la maison, je n'ai fait que dormir. J'ai dormi pendant trois ou quatre jours, d'un sommeil de plomb, sans rêves. La maison était froide, les brusques rafales faisaient claquer les volets très fort ; de temps à autre, ce bruit sec et violent me réveillait en sursaut, tel un coup de feu.

Quand je suis sortie de ma torpeur, le grand absent de tous les jours n'était pas toi, mais Buck ; je continuais à lui parler, à le chercher, à lui garder les restes ; la tentation d'aller au chenil choisir un autre chien a été grande, mais après, j'ai été submergée par les innombrables formalités consécutives à un décès.

Je n'arrivais pas encore à ressentir de la douleur à cause de ton absence. Les pièces étaient vides, plongées dans le silence comme un théâtre à la fin d'une représentation ; on n'entendait plus ni piétinements, ni bruits de pas, ni toussotements.

La partie de moi qui aurait dû s'abandonner au deuil s'était consumée avant l'heure, brûlée par l'exaspération et par la violence de ta déchéance fulgurante ; j'avais accueilli ta disparition avec soulagement : tu avais enfin cessé de souffrir.

Seul le temps, un jour, permettrait de faire affleurer dans ma mémoire la personne importante que tu as été pour moi.

Une fois accomplies toutes les formalités bureaucratiques, je ne savais que faire : ta maladie avait absorbé toutes mes énergies, je n'arrivais pas à éprouver de la douleur, rien qu'un grand désarroi.

Qui es-tu ? me demandais-je, que feras-tu quand tu seras adulte ?

Je n'en avais pas la moindre idée.

Pendant tout le mois de janvier, la *bora* a soufflé avec une intensité hors du commun, il y a même eu quelques chutes de neige, les chevreuils se sont aventurés jusque dans le jardin, en quête de bourgeons.

Je restais pelotonnée dans le fauteuil devant la cheminée, avec nos livres à côté de moi (ils étaient désormais couverts de poussière) et j'entendais encore ta voix me raconter l'histoire des trois petits cochons. « *Je soufflerai, je soufflerai et je détruirai tout, rugissait le loup sous les portes.* »

« Il ne peut pas entrer chez nous, disais-tu ensuite pour me rassurer, cette maison est solide, elle est en briques, elle n'a pas été bâtie sur du sable, mais sur la roche dure du Carso. »

Les fondations et les racines, ajoutais-tu, sont à peu près la même chose, elles permettent de tenir solidement et de ne pas céder à la violence du vent. Pour donner de la stabilité à une maison, il faut creuser encore et encore, comme le font les racines des arbres, année après année, dans l'obscurité de la terre. En revanche, ajoutais-tu, en Amérique, on pose les maisons sur le sol, comme si c'étaient des tentes : il suffit donc d'un coup de vent pour déraciner des villes entières.

Seule dans le silence de la maison, je n'étais plus tout à fait sûre de tes paroles, j'avais l'impression que le vent sifflait entre les montants des portes en répétant : *c'est fini, fini,* comme lorsque j'étais petite et que le tourbillon de la machine à laver me chuchotait : *tout est inutile, tout sera détruit.*

Au cœur de la nuit, la porte d'entrée gémissait sous les coups de la *bora* : on avait vraiment l'impression que quelqu'un lançait des coups de pied et criait : *Gestapo !*

Le jour, au lieu de me protéger du vent, je sortais pour l'affronter, je marchais face aux rafales comme don Quichotte avec ses moulins à vent. *Tue-moi, purifie-moi, enlève-moi, emporte-moi loin, loin d'ici, arrache-moi à ma vie*, répétait une voix au fond de mon cœur.

Je dormais peu, mangeais encore moins, je ne voyais personne, je n'avais pas de projets, je me sentais comme un boxeur seul au milieu du ring. Pendant des années, je m'étais échauffée, entraînée aux jabs et aux uppercuts, j'avais sauté à la corde pour me préparer à la rencontre finale et brusquement, sans crier gare, l'adversaire avait abandonné la partie. Je continuais à sautiller, bien sûr, mais le seul ennemi qui se trouvait devant moi était mon ombre.

Privée d'occasions de confrontation, ma vie était comme un sac vide ballotté par le vent, qui suivait les caprices des rafales.

Je n'avais jamais pensé à mon avenir.

Petite, j'avais nourri quelques rêves fragiles : devenir chef de gare (la palette à la main, un couvre-chef rouge) ou capitaine de navire, acrobate dans un cirque ou maître-chien, mais ce n'étaient que des rêves, sans aucun rapport avec la réalité : à partir de mon adolescence, je m'étais fixé une seule tâche : t'attaquer. Maintenant que, sur un coup génial, tu avais abandonné le terrain, je marchais à travers la maison tel le chien de Pavlov, je tirais sur la chaîne et grinçais des dents, mais la clochette tant attendue ne sonnait jamais.

Quel sens avaient mes journées, maintenant que j'étais seule au monde ? Quel sens avaient-elles quand tu étais là ? Et quelle était, en général, la signification des jours de tous les êtres humains ? Pour quelle raison les gens répétaient-ils toujours les mêmes gestes ? Par habitude, par ennui, par incapacité à imaginer autre chose, à se poser des questions ? Ou peut-être par peur, puisqu'il est plus facile de suivre une pente toute tracée ?

Tout en poussant mon Caddie au supermarché, je regardais les visages livides sous le néon, et je m'interrogeais : quelle vie a un sens ? Et quel est le sens de la vie ? Manger ? Survivre ? Se reproduire ? Les animaux aussi le font. Et alors, pourquoi marchons-nous sur deux pattes et utilisons-nous nos mains ? Pourquoi écrivons-nous des poèmes, peignons-nous des tableaux, composons-nous des symphonies ? Juste pour dire que notre ventre est plein et que nous avons suffisamment copulé pour nous assurer une descendance ?

Aucun être humain ne choisit de venir au monde. Un beau jour, sans avoir été interpellé, nous nous retrouvons jetés sur la scène, certains de nous obtiennent le rôle du héros, d'autres sont de simples figurants, d'autres encore quittent la scène avant la fin de l'acte ou préfèrent descendre jouir du spectacle depuis la salle — rire, pleurer ou s'ennuyer, selon le programme du jour.

Malgré cette violence évidente, une fois né, personne ne veut s'en aller. Je trouvais cela paradoxal : je n'ai pas demandé à venir au monde mais une fois ici, je ne veux plus partir. Quel est alors le sens de la responsabilité individuelle ? Est-ce moi qui choisis, ou suis-je choisi ?

Le véritable acte de volonté — celui qui distingue l'homme de l'animal — consiste-t-il donc à choisir le moment du départ ? Je ne choisis pas de venir au monde, mais je peux choisir le moment de lui dire adieu : je n'ai pas décidé de descendre ici-bas, mais de monter au ciel, oui.

Descendre et monter où ? Y a-t-il un dessous et un dessus ? Ou rien qu'un vide absolu ?

Après ta mort, l'image qui me revenait à l'esprit, concernant la maison, était celle d'un coquillage. Quand je n'avais pas encore six ans, tu en avais acheté un à un vieux pêcheur de Grado. Je me souviens encore de ta voix pendant que tu me disais de le coller à mon oreille : « Tu entends ? C'est le bruit de la mer... »

Pendant un moment, j'étais restée à l'écoute, puis, brusquement, j'avais éclaté en sanglots, de manière si totale et incoercible que tu avais été à la fois effrayée et irritée.

« Pourquoi ? Qu'est-ce qu'il y a ? » répétais-tu.

J'étais incapable de te répondre, je ne pouvais pas te dire que, là-dedans, je n'entendais pas la mer mais le gémissement des morts, ce souffle insolite était leur voix, il se déversait dans nos oreilles avec toute la violence de l'inexprimé, de là il entrait dans le cœur et l'écrasait jusqu'à le faire exploser. Autrefois, ce coquillage avait hébergé un gastéropode (de même que, pendant plusieurs décennies, la maison sur le haut-plateau avait été la coquille protectrice de notre famille), puis, quelque crabe ou étoile de mer l'avait dévoré, laissant vide l'enveloppe de carbonate de calcium : l'eau, s'insinuant à l'intérieur, l'avait poli jusqu'à le rendre luisant comme de la nacre et maintenant, dans ses courbes miroitantes, ce son résonnait, sans trêve.

Les habitants de notre maison avaient subi le même sort : ils étaient tous morts et le vent était passé, effaçant tout souvenir d'eux. J'errais, seule, entre les courbes en spirale et, parfois, j'avais l'impression de me perdre dans un labyrinthe. D'autres fois, au contraire, je comprenais que seulement là, en cherchant, en creusant et en écoutant, je pourrais atteindre un point fixe de moi-même.

Le vent aussi était une voix, il portait les soupirs des morts, leurs pas et les paroles qu'ils n'avaient jamais échangées.

A force de rester là, seule, dans cette maison aux murs de plus en plus lisses et de plus en plus transparents, j'ai commencé à penser à la jeune femme de la photo, enveloppée dans un nuage de fumée. J'essayais de me rappeler le son de sa voix ou la chaleur de sa main, quelque chose qui aurait pu nous unir avant sa disparition.

J'aurais voulu tout savoir d'elle, mais désormais, je n'avais plus personne à qui poser des questions.

Comment était-elle, qui était-elle, quels goûts avait-elle et — chose qui peut-être, m'importait le plus — pourquoi m'avait-elle mise au monde ?

J'ai commencé à l'appeler, en errant à travers les pièces vides.

J'avais honte de prononcer ce mot, j'avais l'impression d'accomplir une sorte de trahison à ton égard : pendant vingt-deux longues années, j'avais répété « mamie » et maintenant, tout à coup, je voulais seulement dire « maman ».

Généalogies

1

Qui sont nos parents, qu'y a-t-il derrière les visages qui nous ont engendrés ? Parmi des milliards de personnes, deux seulement, parmi des centaines de milliers de spermatozoïdes, un seul. Avant d'être les enfants de notre mère et de notre père, nous sommes le résultat de milliards de combinaisons et de choix — réalisés ou non — sur lesquels nul n'est en mesure de faire la lumière. Pour quelle raison ce spermatozoïde et pas cet autre, un peu plus à droite ? Parce que celui-ci renferme les caractéristiques qui donnent vie à une personne dont on éprouve le besoin ? Cet enfant à naître peut devenir Léonard de Vinci ou un plombier, voire un assassin féroce.

Et si vraiment tout est déjà écrit comme sur le menu d'un restaurant, si Léonard doit devenir Léonard et personne d'autre, quel est le sens de toute notre existence ? Sommes-nous vraiment constitués de pièces comme une boîte de montage : sur chaque boîte, un chiffre qui détermine le projet ?

Peut-être que, là-haut dans le ciel, quelqu'un décide, comme une bonne ménagère : aujourd'hui, quatre cents plombiers, quatre-vingts assassins environ et quarante-deux savants.

Ou alors le ciel est vide, comme beaucoup l'affirment, et les choses avancent mues par une sorte de mouvement perpétuel : la matière a commencé à s'agréger dans des temps très reculés et, désormais, elle n'est plus capable de s'arrêter, elle engendre des formes de plus en plus complexes. Et c'est justement cette complexité qui a donné vie au grand mensonge, celui qui consiste à nous faire croire que quelqu'un préside à tout cela.

Pourquoi deux personnes, qui peut-être, il y a quelques heures, ne se connaissaient même pas, deviennent-elles nos parents, à la suite d'un événement qui ne dure pas plus de quelques minutes ? Est-ce là notre destin : être la moitié de l'un et la moitié de l'autre, même si le hasard nous expédie à l'autre bout du monde, en cas d'adoption ?

Dans tous les cas, nous sommes une partie d'eux.

Eux, et leurs parents, et les parents de nos parents, et encore au-delà, jusqu'aux dernières frondaisons de l'arbre généalogique — la passion du grand-père pour les insectes, l'amour de l'arrière-grand-mère pour le chant, le goût du trisaïeul pour les affaires, l'alcoolisme de l'autre grand-père, la volonté de plusieurs cousins de tout saccager, l'instinct suicidaire de quelques oncles, l'obsession d'une grand-tante pour le spiritisme — tout est enfermé en nous comme dans une bombe à retardement : ce n'est pas nous qui réglons le système d'horlogerie, il l'a été dès le début, à notre insu. L'unique sagesse consiste à savoir qu'en nous, à n'importe quel moment, quelque chose d'incontrôlé peut exploser.

Ainsi, un homme et une femme, parmi des milliards de leurs semblables, se rencontrent à un moment donné de leur vie et, après un temps qui peut aller de quelques minutes à une dizaine d'années, ils se reproduisent sous forme d'une autre vie.

Selon les études les plus avancées, c'est l'odorat qui serait à l'origine de cet accouplement, comme c'est le cas pour les oiseaux migrateurs.

Avec son nez, en effet, un être humain devine que les gamètes de la personne qui se trouve devant lui doivent s'unir aux siens. Il n'y a ni pourquoi ni peut-être, juste la loi de la vie qui exige (paraît-il) que la qualité biologique l'emporte sur tout le reste.

C'est donc l'odorat qui pousse à la copulation, car ce sens extraordinaire (sain héritage de nos ancêtres) ne rate jamais sa cible, son mode est l'impératif : fais ceci, fais cela, pour que ta descendance brille longtemps, telle une étoile.

L'odorat ou le hasard ?

L'espèce la meilleure ou la fragilité des êtres humains, avec leur inexplicable et inextinguible besoin d'amour ?

La seule image que j'ai de mon père jeune — de celui dont j'ai découvert plus tard qu'il était mon père — est une photo de groupe. Il est debout près de ma mère, ils ont un verre à la main comme s'ils s'apprêtaient à trinquer — une réunion ou une fête, on ne sait pas —, elle lève les yeux vers lui avec la même dévotion qu'un chien qui observe son maître, la fumée de sa cigarette se mêle à une autre fumée qui flotte dans la pièce. Derrière, au crayon, une date : *mars 1970.*

La photo était mélangée à de nombreuses autres photos de famille dans une grande valise en carton ensevelie sous deux tapis, dans le grenier. J'ai trouvé aussi plusieurs lettres, certaines attachées avec de petits rubans de couleurs différentes, d'autres jetées pêle-mêle dans des sachets en plastique, à côté de cartes postales de Salsomaggiore, de Cortina, des Pyramides, de Porretta Terme, de billets de train, de musée, cartons d'invitation à des mariages, faire-part de naissances, messages de condoléances et, au fond, quatre ou cinq cahiers et agendas qui, à en juger par leurs couvertures, appartenaient à différentes époques.

Tu avais également conservé, pour des raisons connues de toi seule, deux boîtes d'épingles (une boîte d'épingles de nourrice et l'autre d'épingles de couturière, avec une tête colorée), des ciseaux cassés, une vieille boîte à bonbons dans laquelle étaient rassemblés des boutons de toutes formes et dimensions, une gomme à effacer, un petit tube de colle désormais sec, une boîte d'allumettes suédoises, un dépliant de la Société des latinistes amateurs, un horaire des trains datant de l'après-guerre, quelques recettes de cuisine découpées dans des magazines et une Bible que les souris, avec le temps, avaient privée de sa couverture.

A en juger par la poussière, cette valise n'avait pas été ouverte depuis des années ; tu ne t'étais sûrement pas aventurée là-haut depuis longtemps et, quant à moi, cela ne m'était même pas venu à l'esprit. Le désir de regarder en arrière et d'explorer le passé n'arrive que lorsque les choses changent brutalement, à la suite d'un événement imprévu ou atroce : une maladie, un vide ; alors, on prend à la fois une échelle et son courage à deux mains, car l'une et l'autre sont nécessaires pour monter au milieu de la poussière et ouvrir la valise : là-dedans, il y a, comprimées, des paroles non dites, des actions que l'on n'a pas accomplies, des personnes que l'on n'a pas connues, et il suffit d'un impact minime pour déchaîner les fantômes.

Ce n'est pas le fantôme de mon père qui est venu le premier à ma rencontre (de toute façon, à ce moment-là, je n'aurais pas été capable de le reconnaître) mais celui de ma mère. Je l'ai vu à l'improviste, il était caché entre un journal intime, un paquet de lettres et quelques photos éparses.

J'ai tout pris dans mes mains, avec précaution, et je suis descendue au salon ; je ne voulais pas rester là-haut, dans leur territoire, je me sentais trop vulnérable. Pour feindre de ne pas être seule, j'ai allumé le téléviseur et je me suis assise dans un fauteuil.

Le journal intime était relié avec du carton de Florence, à petites fleurs de lis. Sur la première page, quelqu'un, avec un feutre rouge, avait écrit en gros caractères RÉBELLION — souligné trois fois — et avait ajouté, à la fin, plusieurs points d'exclamation.

14 septembre 69
Exaltation de la Sainte Croix

Que peut-il bien y avoir d'exaltant dans une croix ? Bah ! La seule chose exaltante d'aujourd'hui, c'est qu'il s'agit de mon premier jour de liberté ! Loin des miasmes de Trieste, loin de la prison familiale.

Imposer mon choix n'a pas été facile. Les mêmes facultés existent aussi à Trieste : pourquoi prendre en charge les frais d'une installation dans une autre ville ?

Quoi qu'il en soit, la momie a cédé plus vite que je ne pensais ; la parole magique a été « autonomie » : « Je veux mettre mon autonomie à l'épreuve ! » Elle s'est illuminée. « Si c'est pour ça, a-t-elle dit, je suis d'accord. » J'aurais pu lui dire que je serais partie de toute façon. Je suis majeure, je fais ce qui me plaît.

En juillet, je suis arrivée ici et j'ai tout de suite trouvé un logement, en répondant aux petites annonces du panneau d'affichage. C'est une vraie tanière ; je la partage avec Tiziana, qui vient du Comelico et qui fait des études de médecine.

De toute façon, je n'y suis pas souvent, je me sens comme un chien qui, après de nombreuses années, a réussi à sauter par-dessus la barrière de son enclos. Je me promène sans arrêt, le nez en l'air, les yeux émerveillés, avec l'envie de goûter à tout, de tout comprendre.

21 septembre

J'ai fait les courses — ça doit suffire pour une semaine !

27 septembre

La moitié de ce que j'avais acheté a disparu du frigo. Questionné T. qui nie tout. Evité de me disputer.

2 octobre

Coup de fil de m. Quand le téléphone sonne, je suis encore en train de dormir. Elle dit que la bora *souffle très fort et qu'elle a cassé le tronc d'un arbre dans le jardin. Je lui réponds : « Que veux-tu que ça me fasse ? » et je raccroche. Je sais parfaitement que c'est juste un prétexte pour me surveiller.*

13 octobre

Premier cours. L'amphi est archiplein, j'arrive en retard et suis obligée de rester debout. Le professeur est vieux et a une réputation de fasciste. Pendant qu'il parle, l'atmosphère est tendue, les boulettes de papier volent de tous côtés. A la fin, quand il présente le programme de son cours, un petit groupe se lève et commence à le siffler, imité par une grande partie de l'assistance. Il sort vexé, à grands pas, sous un chœur d'éclats de rire.

15 octobre

T. ne fait jamais les courses, elle attend que ce soit moi qui les fasse, pour vivre en parasite. C'est une radine, et un jour ou l'autre, je le lui dirai.

30 octobre

M. appelle, toujours à l'aube. Elle doit être convaincue que la vie des étudiants ressemble à celle des paysans. « Il y a le pont de la Toussaint, a-t-elle dit, pourquoi ne viens-tu pas ? » J'ai été magnanime, j'ai répondu : « Parce que je dois travailler », puis je me suis tournée de l'autre côté et je me suis rendormie.

4 novembre

Aujourd'hui, en me réveillant, j'ai pensé aux jours que nous sommes en train de vivre. Incroyables.

Tout change à une vitesse folle, il n'y a plus de place pour l'hypocrisie, pour le conformisme, pour l'injustice : c'est comme si nous avions brusquement ouvert les yeux et compris qu'on ne peut plus continuer ainsi. Finis les mensonges ! Fini l'esclavagisme ! Le patron ne peut plus exploiter l'ouvrier ! L'homme ne peut plus exploiter la femme ! La religion ne peut plus opprimer les hommes.

Liberté est le « verbe » des temps à venir. Liberté pour les travailleurs, liberté pour les femmes, liberté pour les enfants : eux non plus ne doivent plus être prisonniers d'une éducation rigide et bornée. Il ne faut pas leur couper les ailes, un monde différent ne peut naître que de leur spontanéité et de leur liberté et c'est nous — c'est bel et bien nous — qui serons les auteurs de ce changement révolutionnaire !

18 novembre

Premier cours de philosophie du langage. Il est donné par un assistant aux cheveux poivre et sel, mais ça le rend encore plus fascinant. C'est le seul professeur qui ait une barbe. Tout le monde l'écoute attentivement. En sortant de la salle de cours, j'ai dit à C., ma nouvelle camarade d'études : il est pas mal, ce professeur, M. Ancona. Elle a souri avec une pointe de malice : « Tu crois être la seule à t'en être aperçue ? »

2 décembre

C. a réussi à me traîner dans un collectif d'autoconscience. Au début, je me sentais un peu embarrassée, chacune parlait de son propre corps.

D'après elles, c'était seulement grâce à la désintégration du sentiment de culpabilité ancestral qu'elles avaient enfin appris à le connaître, et à reconnaître aussi la violence inouïe qui avait été faite à leur imaginaire, avec l'obligation, dans l'enfance, de ne jouer qu'à la poupée et à la dînette.

« Le prélude à l'esclavage ! » a crié l'une d'entre elles, et toutes les filles ont applaudi.

Mon tour approchait et je ne savais pas quoi dire, puis, comme dans un flash, j'ai revu un épisode avec mon père : je devais avoir sept ou huit ans et après le repas, en marchant avec précaution, je lui avais apporté son café au salon. « Quelle bonne petite ménagère ! » avait-il murmuré, en me souriant.

Maintenant, les choses étaient claires pour moi : j'avais vécu avec, à l'intérieur de moi, cette marque, ce poids, ce sceau indélébile. Et si j'avais voulu être neurochirurgien ou cosmonaute ? Mes paroles ont suscité l'attention et l'approbation. Au diable les bonnes petites ménagères et tous les coupeurs d'ailes ! En sortant de la réunion, j'ai eu l'impression d'être devenue plus légère.

27 décembre

Pour ne pas transformer la guérilla en guerre, il m'a fallu passer Noël à la maison. Il y avait toujours la même assemblée d'amies veuves, de femmes déprimées, de lointains parents qui ne savent pas avec qui passer la veillée de Noël — comme ça au moins on est tous ensemble et on a l'impression d'être tellement bons...

Comme d'habitude, m. jouait les victimes, répétant qu'elle avait dû cuisiner deux jours entiers ; elle attendait, au moins, des applaudissements et des cris de jubilation et c'est ce qui s'est passé, comme dans un scénario écrit d'avance : il faut jouer la comédie jusqu'au bout, sans jamais en changer les répliques. « C'était vraiment une très belle soirée, merci ma chérie », bisous bisous, « mais allons, ce n'était pas grand-chose » et ainsi de suite, en un menuet écœurant.

Tout aussi écœurant, l'arbre avec ses fils d'argent, et encore plus écœurante, la crèche, la plus grande représentation de lavage de cerveau universel, la sainte famille qui depuis deux mille ans castre les familles normales, celles qui n'ont rien de sacré mais qui font quand même semblant, qui boivent des coupes de pur poison et continuent leur numéro, en souriant.

Le soir, dans mon lit, je me suis dit qu'au fond, la Vierge est l'emblème de la femme des temps passés, la plus exploitée, car elle a eu un fils sans même pouvoir jouir du rapport sexuel, il lui a suffi de regarder l'Esprit saint dans les yeux pour se faire avoir, et depuis presque deux millénaires, elle traîne cette expression hébétée.

Et donc le matin, avant de partir, je lui ai offert un petit plaisir : dans la crèche, à sa place, à côté de saint Joseph, j'ai laissé un billet sur lequel j'avais écrit « débrouille-toi », puis j'ai pris la statuette et je l'ai emmenée avec moi pour qu'elle s'aère un peu.

Avant de monter dans le bus, je l'ai déposée sur le muret, derrière l'arrêt. Espérons que quelqu'un l'emportera et lui fera faire un petit tour, pour qu'elle rattrape le temps perdu.

31 décembre

Vu que T. est restée dans sa vallée enneigée, j'ai organisé une grande fête ce soir. Pendant que je faisais les courses, j'ai rencontré le Pr A. ; en le voyant, mon cœur a fait un bond. J'aurais voulu lui dire bonjour mais j'ai été envahie par la timidité; il m'aurait sans doute regardée avec stupéfaction, il ne peut pas se souvenir de tous ses étudiants !

Pendant que je m'éloignais avec mon Caddie, j'ai eu la sensation qu'il me regardait. Il a les yeux noirs comme du charbon et lorsqu'il parle, on dirait qu'ils lancent des éclairs. C'est peut-être pour ça que j'ai ressenti une grande impression de chaleur entre les omoplates.

Adieu vieille année, nous te saluerons enveloppés dans la grande fumée du calumet de la paix.

Avec la fin de cette année, j'ai refermé le journal intime, moi aussi.

Quelque part, à l'extérieur, l'alarme d'une voiture sonnait, la télé transmettait un talk-show, tout le monde parlait, avec des visages inexpressifs. Les draps de mon lit étaient extraordinairement froids, j'avais beau me pelotonner à l'intérieur, je n'arrivais pas à me réchauffer; par les volets fermés, la lune d'avril coupait en deux le sol et le bureau, jusqu'à se poser sur la photo d'Ilaria.

Parmi tout ce que j'avais imaginé, rêvé, supposé concernant ma mère, je n'avais jamais songé à la chose la plus simple : elle n'était qu'une jeune fille de vingt ans.

Le lendemain, dès neuf heures, j'étais déjà dans le grenier. Avant de revenir au journal, j'ai disposé devant moi les photos comme si c'étaient les cartes d'un jeu de solitaire : elle toute seule, elle avec ses amies, les photos qu'elle avait prises, celles avec des représentants de l'autre sexe; mais ces dernières étaient peu nombreuses, et il s'agissait la plupart du temps de photos de groupe.

Parmi tous les clichés, il y en avait un pris dans une cabine automatique. C'était sans doute l'hiver, car ma mère portait une écharpe et un bonnet de laine ; à côté d'elle, une présence masculine, le visage caché par une main ; entre les doigts écartés, on entrevoyait à peine les yeux et les poils de la barbe. Etait-ce carnaval ? Jouaient-ils ? Que signifiait cette main grande ouverte ? Une négation ? Une barrière ? Peut-être était-il marié, et il ne voulait pas que l'on sache qu'il entretenait des relations avec ses étudiantes ?

J'ai comparé cette photo à une autre, celle où ils trinquaient en groupe ; outre l'homme barbu, il y en avait un, à côté de ma mère, plus maigrichon, le visage couvert de boutons, un peu plus à droite, accroupi comme un footballeur au pied de deux amies — Carla ? Tiziana ? Un type à la mine fade et aux yeux bleus proéminents, une écharpe rouge trop serrée autour du cou.

Se pouvait-il que je sois la fille du premier homme ? Ou du boutonneux ? En réalité, le seul barbu était celui qui se cachait derrière elle : j'ai comparé ses mains aux miennes, ses cheveux aux miens, et je me suis replongée dans la lecture.

J'avançais très prudemment, comme un conducteur qui, avant d'emprunter une route, a remarqué le signal de danger — risque d'avalanche, d'éboulement, de précipice — mais ne s'est pas arrêté ; il a continué, le pied sur la pédale du frein, la main prête à rétrograder, la gorge nouée, car c'est la seule route au monde qu'il voulait parcourir jusqu'au bout.

6 janvier

La Befana[1]*, cette vieille sorcière, m'a apporté un cadeau. Traînée à contrecœur à une soirée chez des gens que je ne connaissais pas, j'ai rencontré le Pr A.*

Dès que je l'ai vu, j'ai fait comme si de rien n'était, ou tout au moins j'ai essayé, car mes joues sont brusquement devenues brûlantes, si bien que je me suis tournée contre un mur et me suis mise à bavarder avec une fille que je venais de rencontrer dans un collectif féministe, tout en me demandant comment je pourrais l'aborder, lui.

Je n'en ai pas eu besoin, car il s'est approché de moi.

« J'ai l'impression que nous nous sommes déjà rencontrés », a-t-il dit en me fixant dans les yeux, tout en buvant avec lenteur une gorgée de vin blanc.

Je crois que ma voix est sortie d'un coup, trop stridente : « Oui, au supermarché ! » (quelle idiote !), puis, heureusement, j'ai ajouté : « Je suis une de vos élèves. »

Alors, il a passé son bras sous le mien.

« La philosophie t'intéresse ?

— Beaucoup. »

A la fin de la soirée, nous sommes sortis nous promener sous les portiques ; tout en marchant, nous sommes arrivés aux petits canaux d'irrigation. Le brouillard montait, et dans le silence de la ville endormie, on n'entendait que le bruit léger de l'eau et celui de nos deux respirations. Pendant que nous traversions la place de la basilique du saint — son

1. Vieille femme très laide mais généreuse qui, la veille de l'Epiphanie, descend par les cheminées pour faire des cadeaux aux enfants. (*N.d.T.*)

bras pratiquement agrippé à mon flanc — vers l'est, le soleil a commencé à monter, éclairant les façades et les toits.

« Tu vois, a-t-il dit alors, la philosophie et le soleil se ressemblent, tous deux doivent chasser la nuit — la nuit physique et la nuit mentale —, celle qui fait vivre l'homme noyé dans un océan de superstitions. »

Nous nous sommes quittés sous la porte cochère de mon immeuble.

« Nous nous reverrons ? » ai-je demandé.

Il m'a saluée mystérieusement, de sa main ouverte.

11 janvier

Malheureusement, j'ai recommencé à me ronger les ongles. J'ai cherché son nom dans l'annuaire téléphonique, mais il n'y a aucun Massimo Ancona. Je ne peux pas l'appeler et je ne sais pas où il habite. Il ne me reste qu'à attendre...

15 janvier

Pour avoir une place au premier rang, je suis arrivée dans l'amphi avec une heure d'avance, mais il ne m'a pas regardée, alors que j'étais juste devant lui. Peut-être ne voulait-il pas se laisser distraire ou se trahir devant les autres.

Je l'ai attendu à la sortie, mais une fille aux cheveux roux a été plus rapide que moi et ils se sont éloignés ensemble dans le couloir, comme s'ils se connaissaient depuis longtemps. Une de ses étudiantes en maîtrise, probablement...

25 janvier

Deux autres cours sans succès, je crois que je vais devenir folle. Je me promène souvent près du supermarché, dans l'espoir de le rencontrer. Rien.

28 janvier

Les soirées à l'occasion du carnaval se succèdent, mais je ne m'amuse pas. Les filles du collectif se sont déguisées en sorcières ; moi, en revanche, j'aurais voulu m'habiller en squelette, car c'est ainsi que je me sens loin de lui, loin de son regard, morte. Je ne vais à ces soirées que dans l'espoir de le rencontrer. Il n'y est pas, et je finis par fumer. Au moins, comme ça, le temps passe plus vite...

30 janvier

Je voudrais interrompre le cours en lui criant en pleine figure : pourquoi ne me regardes-tu plus ? Cette nuit, j'ai rêvé que je le faisais ; ce matin, j'avais la mâchoire aussi rigide que l'acier. Je me suis confiée à C. Elle dit que tout ça, c'est de la peur, elle devine qu'entre nous, il existe un sentiment trop grand, trop important, et que c'est la raison pour laquelle j'ai peur d'aller de l'avant. Je crois qu'elle a raison.

Pourquoi fuir puisqu'il ne s'est encore rien passé entre nous ? C. m'a conseillé de faire le premier pas. Les temps ont changé, il n'est plus possible de rester immobile et de se lamenter.

2 février

Enfin réussi à laisser un petit mot dans son casier, dans la salle des professeurs. Après avoir longuement réfléchi, j'ai écrit : « La lumière de l'intellect chasse les ténèbres de la superstition, toutes les nuits je suis libre pour attendre l'aube avec vous. » Puis, par sécurité, j'ai écrit, au-dessous, mon nom et mon adresse.

6 février

J'étais perdue dans la foule de l'amphi et je crois que, du regard, il a commencé à me chercher. J'ai souri, et il me semble qu'il a fait de même.

12 février

Illusion, illusion, illusion... Peut-être vaudrait-il mieux rentrer à Trieste, tout arrêter et recommencer ailleurs, ou se noyer dans un nuage de fumée...

15 février

C. a apporté des cachets, elle dit que nous pourrions faire un très beau voyage, un voyage sur des terres enchantées, dans des mondes que personne d'autre n'est capable de voir. Je lui ai dit qu'en ce moment, je ne désirais qu'un seul voyage, entre les bras de Massimo...

2 mars

C'est arrivé ! C'est arrivé ! C'est arrivé ! L'effet magique du printemps. Qui peut le savoir ?! Et qu'est-ce que ça peut faire ? L'important est que ce soit arrivé.

Et moi qui me créais tant de problèmes ! Il a sonné alors que j'étais déjà couchée, je lui ai ouvert en pyjama (un pyjama imprimé d'oursons, drôle de femme fatale !). J'ai balbutié : « Je suis désolée, je ne suis pas... », ses mains chaudes ont effleuré mes joues : « Tu es très belle, même dans cette tenue. »

15 avril

Peut-être ne suis-je née que pour vivre ces quelques jours. Avec lui près de moi, tout change, je me sens gigantesque, mon esprit ignore les peurs, les conformismes, mon corps ne connaît plus de limites. Massimo ne craint pas les barrières, au contraire, il les cherche pour mieux les détruire.

A Pâques, deux jours à la maison : c'était comme aborder sur une autre planète.

M. me dit : « Enfin, tu as bonne mine ! »

La bonne mine, la seule chose qui intéresse mes parents, même si ce n'est qu'une apparence.

Si m. était différente, je pourrais lui raconter ce que je suis en train de vivre, mais que peut-on raconter à une sole qui a toujours vécu dans un congélateur ? De temps en temps je les regarde, j'observe mes parents enfermés dans leur bulle : ils n'ont rien à se dire, ils n'éprouvent rien l'un pour l'autre, je me demande même comment ils ont réussi à me concevoir, et si je suis vraiment leur fille. Est-ce que je leur ressemble ?

Peut-être mon père est-il impuissant, peut-être m'ont-ils adoptée et ils n'ont pas eu le courage de me le dire, mais après tout, quelle importance ? L'important, c'est que ma vie soit libre, sans entraves, sans hypocrisie.

Quand je leur ai dit au revoir, pour la première fois ils m'ont presque fait de la peine, pauvres momies ratatinées, avec leurs bandelettes qui se défont.

1er mai

Je n'irai pas à la manif, j'ai des vertiges. C. dit que je devrais faire des analyses. Dans tous les cas, à l'entendre, je ne dois pas m'inquiéter, il est très facile de s'en débarrasser. Les filles du collectif s'en occupent et on ne dépense pas une lire. Mais elle dit aussi que je ne dois pas attendre trop longtemps car sinon, il faudra que j'aille à Londres et tout sera plus compliqué. Je me sens bizarre, en suspens, sans paroles. Je n'avais jamais envisagé une telle éventualité.

3 mai

Positif.

Je me lève d'un bond, les photos et les feuillets tombent par terre. J'enfile ma veste coupe-vent et je sors, je parcours à grandes enjambées toute la ligne de faîte du Carso.

Au-dessous de moi, la mer luit comme un miroir, derrière moi, le Nanos est encore couvert de neige.

Positif.

Ça ne pouvait pas être moi, les années ne coïncidaient pas. Qu'était devenu mon frère ?

Le lendemain, la température est plus douce et dès l'aube, tous les oiseaux chantent en chœur, produisant un véritable vacarme.

Face à la tiédeur de l'air, la maison ressemble à un antre vide et glacé, le journal est toujours là sur la table, les lettres et les photos gisent sur le sol ; de la pièce plongée dans la pénombre, une lumière jaunâtre semble se dégager.

Je prends un transat dans le garage et l'installe sur le pré, non loin du grand prunier désormais totalement couvert de fleurs qui exhalent un parfum délicieux, attirant des nuées d'abeilles et de bombyx : leur bourdonnement frénétique me tient compagnie.

C'est de cela que j'ai besoin pour continuer : sentir la vie, la lumière, sentir que nous faisons partie d'un monde plus vaste.

12 mai

Je n'ai pas eu le courage d'aller en cours, je n'ai pas eu le courage de le regarder dans les yeux. Mes sentiments changent à chaque minute : à certains moments, j'ai l'impression d'avoir, à l'intérieur de moi, un secret très doux — je voudrais faire une longue promenade romantique avec lui et à la fin, peut-être devant un verre de vin, lui chuchoter : tu sais, nous attendons un enfant, et observer sa réaction de stupeur et de joie — mais tout de suite après, cela devient un poids terrible, quelque chose qui m'écrase, qui m'empêche de respirer.

J'ai peur de cette charge, de la fatigue, des responsabilités : je voulais une vie sans limites ni barrières, et je m'enfermerais déjà dans la prison de la maternité ? Et puis, que dire à mes parents ? Que j'attends un enfant d'un homme qui a vingt ans de plus que moi ? Et qui, en plus, est mon professeur ? Je pourrais inventer un mensonge, un voyage romantique, une aventure en Turquie, vu que Massimo fume comme un Turc... Ou alors, je pourrais me présenter un jour à la maison et dire : papa, maman, voici l'homme que j'aime et dont j'attends un enfant, et penser au fond de moi-même : nous, nous ne tomberons jamais dans votre misère.

Peut-être que lui aussi est impatient de me présenter à ses parents. Mais il est inutile que je continue à fantasmer. Avant toute chose, il faut que je le mette au courant, le reste, nous le déciderons ensemble. Et puis, chaque fois que je la vois, Carla me demande : alors ? comme pour me dire que je dois me dépêcher.

20 mai

Depuis quinze jours, il ne fait plus cours. Je me suis renseignée autour de moi, il paraît qu'il est malade. J'ai calculé : je crois que je suis enceinte de deux mois. Il y a de moins en moins de douceur, et la peur et la colère augmentent. Est-il vraiment malade ? Peut-être a-t-il deviné quelque chose, et il veut gagner du temps ? Cela fait un mois qu'il ne donne plus signe de vie. Peut-être est-il vraiment très mal et c'est seulement moi, la méchante, qui imagine d'autres scénarios.

24 mai

Carla a organisé une réunion extraordinaire du collectif parce que « si on ne prend pas les décisions ensemble, on n'est pas vraiment des sœurs ». Au début, j'étais un peu embarrassée, j'avais l'impression d'assister à un procès plus qu'à une réunion, mais peu à peu l'atmosphère s'est détendue et de belles choses ont été dites. Pendant un moment, il y a eu deux camps, les pour et les contre, mais au fil de la discussion, les positions se sont décrispées.

C'est P. qui a enclenché le détonateur.

« Avant de prendre une décision, il faudrait savoir si c'est un garçon ou une fille... On ne va quand même pas mettre au monde un ennemi de plus. » Certaines ont applaudi, d'autres non.

B. a enchaîné : « Justement, si c'est un garçon, il faut le garder : si nous ne commençons pas, nous, à mettre au monde l'homme nouveau, qui le fera ? »

Autres applaudissements, puis en chœur : « Oui, on l'obligera à jouer à la dînette ! A prendre soin des poupées ! On lui apprendra que l'agressivité n'est pas nécessaire, on l'habillera en jaune ou en vert, pas de bleu ciel dans nos maisons ! Ni princes, ni enfants ! » « Et puis, a conclu C., nous devons toujours nous souvenir de la nature, notre maîtresse. Est-ce que les lionnes demandent à leur lion : tu veux ce petit ou tu n'en veux pas ? Non ! Elles le font et c'est tout, et elles l'élèvent toutes ensemble, comme dans une vraie fratrie. Femelles et petits : c'est la loi qui gouverne le monde, tout le reste n'est que bavardages. Les mâles ne servent que quelques instants, après quoi ils ne sont plus nécessaires. » Un tonnerre d'applaudissements a éclaté dans la salle.

Avec peine, en levant la main, j'ai réussi à me faire entendre et j'ai dit la vérité : « Camarades ! Moi... moi je ne sais pas quoi faire... je ne sais pas si je veux le garder. »

Il s'est fait un grand silence.

« Dans un cas comme dans l'autre, c'est à toi de décider; notre devoir, en tant que sœurs, consiste seulement à être près de toi. Si tu veux le garder, nous ferons comme les lionnes, nous l'élèverons

ensemble ; si, au contraire, tu veux t'en débarrasser, c'est encore nous qui nous en occuperons, L. et G. ont suivi un cours, elles sont devenues très compétentes... »

Sur ces mots, la réunion officielle a pris fin, et les joints sont sortis des sacs.

5 juin

Je suis allée voir les autorités de la fac, et j'ai demandé des nouvelles.

« M. Ancona ne reprendra pas ses cours avant l'an prochain », m'a-t-on communiqué.

J'ai eu la présence d'esprit de dire que je préparais un diplôme avec lui et que j'avais absolument besoin de lui parler. Mais j'ai peut-être rougi, car la secrétaire m'a regardée de manière un peu soupçonneuse.

« Vous ne pouvez pas consulter son remplaçant ?

— Oh, non...

— Alors, écrivez-lui et remettez la lettre au secrétariat. »

Les pages suivantes du journal étaient pleines de phrases raturées, sans doute des tentatives répétées pour trouver les mots justes. De temps en temps, entre le stylo-feutre et les ratures bleues apparaissaient quelques fragments, comme des poissons qui avaient échappé au filet. *Amour* jaillissait d'un côté, *responsabilité*. *Que faire ? garder enf.*, et au-dessous, trois fois, en lettres capitales et souligné plusieurs fois : *DÉSESPÉRÉE, DÉSESPÉRÉE, DÉSESPÉRÉE.*

Avant de rédiger la lettre, elle devait avoir écrit plusieurs brouillons : au fond, il était professeur de philosophie du langage. En lisant ces fragments, j'ai eu l'impression qu'elle était terrorisée à l'idée de ne pas employer les mots justes, chaque phrase était écrite avec une grande hésitation, on aurait dit une personne souffrant de vertiges, obligée de marcher au bord d'un ravin. Le choix de donner la vie, ou pas, était un précipice.

Pendant qu'elle participait aux réunions ou courait à l'université, pleine d'anxiété, pendant qu'elle fumait ou pleurait sur son lit, dans son corps, mon frère (ou ma sœur) continuait à se former. Avec une science redoutable et à un rythme implacable, les cellules se multipliaient et se disposaient de manière à créer ce qui, un jour, serait son visage : l'enfant se développait et elle, elle ne savait pas si elle voulait l'élever ou pas, son pouvoir sur lui était absolu. En lisant ces lignes, j'étais incapable d'éprouver un sentiment d'hostilité, de mépris, mon seul instinct était de la protéger comme si tout ce désespoir, cette solitude et cette naïveté tournée en dérision s'étaient retrouvés dans mes veines, se transformant en un sentiment de peine infinie.

Le soleil de midi était désormais insupportablement chaud, le bourdonnement des insectes au milieu des fleurs m'assourdissait ; juste au moment où je m'apprêtais à refermer le journal, un bombyx, les pattes postérieures chargées de pollen, est tombé entre les pages ; délicatement, je l'ai aidé à reprendre son vol.

A la place de l'impact, il était resté un halo doré sous lequel était écrit :

C'est décidé.
Dans trois jours chez B.

Du haut de ses études de médecine, Tiziana a dit : « Tu es folle, elle vont te tuer. »

Je lui ai répondu : « Ça vaudrait peut-être mieux. »

Les deux pages suivantes avaient été arrachées, puis, d'une écriture nerveuse, elle avait noté :

Mi-soulagée, mi-étourdie, la nuit dernière j'ai fait un rêve. Je ne sais pas très bien où je me trouvais, je me souviens seulement qu'à un certain moment, je mangeais un morceau de pain cru qui se mettait à lever dans mon estomac. Tous ceux que je rencontrais me disaient : un heureux événement ? « Non, répondais-je, c'est seulement la levure qui continue à agir », mais au moment même où je le disais, je n'étais plus aussi convaincue d'avoir raison.

Au réveil, je me sentais bizarre, j'ai donc téléphoné à B. « Tu es sûre que tout s'est bien passé ? » Elle m'a rassurée; une intervention parfaite. « Et puis excuse-moi, a-t-elle ajouté, je te l'ai même montré dans le bassin, tu ne t'en souviens pas ? »

Elle semblait vaguement offensée de me voir douter de ses capacités, si bien que, pour dédramatiser, j'ai plaisanté : « Et si tu avais fait comme les guérisseurs philippins ? Quelques foies de volaille et hop, le tour est joué. » Nous avons ri, et la tension est retombée.

Pendant deux jours, j'ai éprouvé le besoin de m'éloigner des mémoires de ma mère. Je ne pouvais plus supporter le poids de ces années-là.

Pour me débarrasser des scories, des ombres, pour me purifier, j'ai longuement marché sur le haut plateau.

Cachés entre les buissons, les merles et les fauvettes mêlaient leurs chants d'amour, le vert tendre des feuilles à peine écloses conférait de la splendeur au paysage environnant pendant que, au-dessus des prés parsemés de dents-de-lion, de pâquerettes et de crocus, bourdonnaient une infinité de pollinisateurs affairés.

Parfois, je m'allongeais dans la profondeur humide des dolines : de là, j'admirais la couronne des buissons et des arbres pendant que, à contre-jour, les araignées montaient et descendaient le long d'invisibles fils de soie et que les xylophages, comme des pierres précieuses violettes, sillonnaient l'air de leur vol lourd.

D'autres fois, au contraire, je ressentais le besoin d'aller vers le haut, d'atteindre un point d'où mon regard pourrait se perdre au-delà de l'horizon.

En marchant entre les dolines et le sommet des hauteurs, près de la frontière, je pensais à ce frère — ou à cette sœur — à qui n'avait pas été donnée la possibilité de naître. Son existence aurait-elle sauvé ma mère ou aurait-elle aggravé sa tendance à l'autodestruction ? Aurais-je été là, me demandais-je, si cet enfant avait vécu lui aussi ? Sa fin avait-elle, en quelque sorte, conditionné ma naissance ?

Au-delà de notre volonté, de notre fragilité, de nos plans étriqués, y a-t-il Quelqu'un, quelque chose qui gouverne le grand cycle des naissances ? Pourquoi étais-je née, moi, et pas lui ? Ma mère aurait pu avorter de nouveau, ou me perdre, par exemple en trébuchant dans l'escalier alors qu'elle était enceinte de moi.

Je montais et descendais à travers des sentiers pierreux ; à mon passage, les couleuvres, qui faisaient fondre au soleil les dernières torpeurs de la léthargie, glissaient entre les buissons, les lézards zigzaguaient, rapides comme des éclairs. Un serpent qui naît, me disais-je, ou un campagnol, une corneille, ne peuvent se différencier de leurs semblables, sinon par leur habileté à survivre le plus longtemps possible. Un animal (pour extraordinairement complexe qu'il soit) ne peut que réaliser, avec plus ou moins d'efficacité, le programme inscrit dans le patrimoine génétique de son espèce ; mais l'homme ? L'homme ne peut-il pas modifier continuellement son chemin ? Et n'est-ce pas ce gouffre de potentialités qui nous laisse pleins d'effroi, nous suggérant l'impuissance de notre vision ? Quel aurait été le destin de mon frère ? Et moi, pour quelle raison étais-je venue au monde ? Pour devenir qui ?

Grâce à ces longues promenades, j'ai retrouvé la force de poursuivre ma recherche. Un matin, je me suis réveillée au bruit de la pluie, qui tambourinait contre les vitres : pendant la nuit, la *bora scura* s'était levée, la température avait baissé et le vent soufflait plutôt fort, revêtant le jardin d'un manteau de lumière automnale : seule la grande quantité de pétales blancs épars sous le prunier et le cerisier rappelait que c'était le printemps.

Après avoir pris mon petit déjeuner, je suis lentement retournée au grenier. Un vieux rideau à fleurs recouvrait une pile de boîtes de toutes tailles, certaines devaient avoir contenu des liqueurs ou des chocolats, d'autres étaient seulement des réceptacles anonymes fermés avec du bolduc. J'en ai ouvert une à l'aide d'un canif : à l'intérieur se trouvaient les décorations de Noël ;

j'ai déroulé plusieurs mètres de guirlandes avant de retrouver la crèche ; l'étable n'était ni ancienne, ni particulièrement belle : deux parois de liège et une échelle conduisant à une sorte de fenil dans la soupente. A l'intérieur, les quatre fers en l'air, gisaient le bœuf et l'âne et, en travers, saint Joseph et la Vierge Marie ; un autre sachet renfermait la mangeoire, les brebis et les agneaux. J'ai retrouvé ma statuette préférée : une vieille brebis de plâtre avec une patte cassée et un ruban rouge autour du cou. C'était elle que je cachais dans la maison à chaque veille de Noël ; c'était cette petite brebis égarée que, bêlant à travers les pièces, je t'obligeais à chercher.

Il n'y avait aucune trace de l'Enfant Jésus, il avait dû finir au fond de la boîte, ou était resté dans une poche, dans la période de l'Avent. Dans la boîte scintillaient les rares boules de verre qui avaient survécu à des dizaines de Noëls, et une étoile avec un embout perforé.

Les caisses qui se trouvaient au-dessous contenaient les diverses collections de coléoptères de grand-père : petits présentoirs vitrés au fond de velours sur lesquels, avec de longues et fines épingles, étaient fixés les insectes, tous accompagnés de leur nom en latin, rédigé d'une écriture claire et sûre.

En essayant de les déplacer avec précaution, j'ai trébuché sur une enveloppe en plastique qui était tombée par terre ; elle était fermée avec du ruban adhésif et portait la mention Police nationale ; à l'intérieur, il semblait y avoir un sac à bandoulière en étoffe. Pendant quelques instants, mon cœur a battu à tout rompre. De quoi pouvait-il s'agir, sinon du sac que ma mère avait avec elle au moment de l'accident ?

J'ai déchiré l'enveloppe avec les ongles. Le sac ne comportait pas de fermeture Eclair, mais juste un bouton déjà ouvert; à l'intérieur, j'ai trouvé un portefeuille avec quelques milliers de lires, la carte d'un ciné-club alternatif, quelques dinars, un abonnement ferroviaire pour le trajet Trieste-Padoue et, protégée par une enveloppe transparente, une photo prise au Polaroïd, jaunie, de moi dans les bras d'un homme, au bord de la mer. L'inconnu, aux cheveux longs en broussaille, un collier de coquillages autour du cou, souriait en direction de l'objectif alors que moi, un seau de plage à la main, j'étais visiblement contrariée : je devais avoir pleuré juste avant, ou j'étais sur le point de le faire. A ce que j'entrevoyais dans le fond, nous devions être dans la baie de Sistiana.

Outre le portefeuille, il y avait un stylo-bille dont l'encre était désormais sèche, une boîte de papiers à cigarettes, un petit appareil pour les fabriquer, les clefs de la maison, un foulard en soie artificielle, un tube de rouge à lèvres, des bonbons pour fumeur et, cachées dans une poche intérieure, deux lettres. La première, adressée à ma mère, avait été expédiée de Padoue quelques mois avant ma naissance.

L'écriture était serrée, régulière, avec quelque chose d'anguleux dans son tracé.

Chère Ilaria,

J'ai reçu ta lettre et j'y réponds tout de suite parce que je ne veux pas te faire perdre de temps dans une attente inutile, mais aussi parce que je ne veux pas créer en toi des illusions pernicieuses.

Si seulement j'étais un peu plus hypocrite, si l'époque n'était pas ce qu'elle est — une époque de mise à nu de la vérité — je pourrais te mentir en te disant que je suis marié et que je n'ai nullement l'intention de mettre mon mariage en péril pour une aventure d'un mois.

Au lieu de cela, je préfère être sincère et te dire clairement que je ne veux pas d'enfant. Ni enfant, ni femme, ni fiancée, rien qui, d'une manière ou d'une autre, pourrait limiter ma liberté. Je n'en veux pas, parce que ma vie est une vie d'exploration, et un explorateur ne voyage pas avec un lest.

D'après tes paroles, parfois — excuse-moi de te le dire — un peu trop mièvres, je devine qu'il n'en est pas de même pour toi, que tu nourris encore de grandes illusions. Par ailleurs, même si quelques années ont passé depuis notre première rencontre, tu es encore très jeune, et le mélange de conformisme bourgeois et de sentimentalisme qui a pénétré en toi avec l'éducation que tu as reçue est encore intact. Malgré tes attitudes libertaires, au fond, tu n'aspires qu'à l'éternel refrain « une chaumière et deux cœurs », peut-être dans la version révolutionnaire « toi et moi et notre descendance en marche vers le soleil de l'avenir ».

« Nous construirons un monde différent, m'écris-tu. A nous de donner l'exemple d'une nouvelle manière de vivre les relations sans opprimer l'autre, sans l'exploiter, sans lui faire violence. Elever les enfants de manière créative, vivre le couple dans la liberté. »

Bref, d'après toi, nous devrions jouer les jeunes pionniers, et tu es convaincue que de cette façon, tu réussirais — nous réussirions — à échapper à la petitesse du destin bourgeois, à cette lente agonie que le mariage a représenté pour tout le monde, jusqu'à aujourd'hui.

Je te le concède, compte tenu de ta naïveté. Par ailleurs, comment le nier, c'est justement cela qui m'a le plus séduit en toi, dès le premier instant. C'est pourquoi — et en vertu de notre courte relation — je me sens en devoir de t'offrir quelques éléments de réflexion.

Dans ton texte, le mot « amour » revient à plusieurs reprises. T'es-tu jamais interrogée vraiment sur ce qui se cache derrière un substantif si rebattu ? N'as-tu jamais soupçonné que c'est une sorte de scénographie, un décor en papier pour mieux créer l'atmosphère de la comédie ? C'est le propre des décors de changer à chaque acte.

L'essence de la dramaturgie ne réside pas dans ce carton-pâte peint — l'illusion picturale nous aide à rêver, à trouver la pilule un peu moins amère — mais si nous sommes honnêtes avec nous-mêmes, nous ne pouvons nier que nous sommes devant un simple artifice, un mensonge.

L'amour — qui a tellement nourri ton imagination — n'est autre qu'une forme subtile de poison. Il agit lentement, mais inexorablement, et il est capable, avec ses miasmes invisibles, de détruire n'importe quelle vie.

Pourquoi ? te demanderas-tu, avec ton regard perdu.

Parce que pour aimer une chose, il faut d'abord la connaître. La complexité d'un être humain peut-elle arriver à saisir la complexité d'un autre être humain ? La réponse est évidente : absolument pas. On ne peut donc pas aimer vraiment, car on ne peut pas connaître vraiment.

Tu as pu connaître une fraction minuscule de moi, de même que moi, j'ai pu entrer en contact avec une fraction minuscule de toi. Nous nous sommes offert réciproquement le meilleur de nous-même, ce à quoi nous savions que l'autre ne résisterait pas.

La même chose arrive aux fleurs. Pour attirer le pollinisateur, la corolle exhibe des couleurs extraordinaires, mais une fois l'acte accompli, les pétales tombent, et de la splendeur passée, il ne reste que bien peu de chose.

C'est une loi de la nature, il n'y a pas de quoi se scandaliser. Tous les accouplements se produisent moyennant diverses formes de séduction — chaque espèce a la sienne — de la fleur à l'homme. Mais, de même que l'abeille ne peut dire « je t'aime » à la fleur, nous ne pouvons pas, nous non plus, nous mentir effrontément en disant que nous nous aimons. Avec l'honnêteté de notre époque, la seule chose que nous pouvons nous dire (comme l'abeille à la fleur et vice versa) est « tu m'es nécessaire ».

Il y a quelques années, à un moment particulièrement difficile de ma vie, tu m'as été nécessaire pour passer deux mois de fraîcheur. Et moi aussi je t'ai été nécessaire — tout au moins, je l'espère — pour t'ouvrir les yeux sur quelques problèmes complexes, sans parler, évidemment, du plaisir indéniable que nos corps se sont donné. Et le plaisir — au-delà de la jouissance en elle-même — est aussi un extraordinaire moyen de subversion. Te revoir après des années a confirmé la magnifique attraction de nos corps.

Ce que j'ai dit jusqu'ici est également valable, par conséquent, pour l'arrivée d'un enfant. Les fleurs qui se font féconder par les pollens ne jouissent certes pas, elles le font pour assurer leur survie, afin que puissent exister, dans le futur, d'autres fleurs pareilles à elles.

Le même mécanisme est tout aussi inné chez les êtres humains. Malgré la complexité de notre esprit, nos corps veulent seulement se reproduire. Pour eux, comme pour les fleurs, peu importe si nous nous aimons ou pas, ou si l'orgasme nous a bouleversés — on peut très bien naître d'un viol ou d'une éjaculation précoce. Sur deux cent cinquante millions de spermatozoïdes, un seul gagne la course — le meilleur, le plus fort, le plus chanceux, le plus malhonnête, peu importe. L'important, c'est que la vie se reproduise, se transmette. Et c'est ce qui t'est arrivé à toi aussi. C'est une loi de la nature.

A vrai dire, je devrais te tirer un peu les oreilles. Pourquoi n'as-tu jamais pris de précautions ? Tu croyais encore — dans ton romantisme rêveur — aux cigognes et aux choux ? Ou peut-être, pas tout à fait inconsciemment, mais avec une volonté lucide, c'était vraiment ce que tu désirais — une attache, une chaîne, pour me lier définitivement à toi ?

Il est probable, étant donné la profondeur et le caractère archaïque de ton conditionnement, que tu ne t'en aperçoives même pas, mais en réalité, ce que tu veux, comme plusieurs de tes amies, c'est juste la certitude d'une vie de couple. Certains hommes, face à ce chantage biologique et primaire, baissent les yeux et cèdent. Ils le font par faiblesse, par banalité, par crainte innée de la mort, qu'ils sont incapables de surmonter. Qui, sinon un fils, peut leur garantir l'éternité ?

La plupart cèdent, mais pas moi. L'idée que l'enfant qui grandit à l'intérieur de toi sera non seulement un inconnu, mais aussi un tyran capable d'user notre énergie, un parasite capable de dévorer, sans le moindre sentiment de culpabilité, ceux qui l'ont mis au monde, m'interdit toute hésitation. Je ne pourrai jamais le connaître, et donc, jamais l'aimer. Toi non plus tu ne pourras pas le faire, bien que tu l'aies porté dans ton sein. Un matin tu te réveilleras et tu t'apercevras que tu as installé chez toi un étranger, et que cet étranger a le visage d'un ennemi.

Cela dit, je ne veux pas t'influencer, de quelque manière que ce soit. Comme vous le dites dans vos cortèges, « mon utérus m'appartient, j'en fais ce que je veux ». Fais ce que tu veux. Si tu veux le garder, garde-le ; si tu veux avorter, je n'ai aucune objection à formuler. Les deux décisions me laissent totalement indifférent.

Sache seulement que si, un jour, tu débarquais chez moi avec un bébé dans les bras, je ne serais pas ému le moins du monde et n'abdiquerais pas mes convictions.

Je te suis reconnaissant pour les belles heures passées ensemble, pour la philosophie, pour la poésie, pour le sexe et pour la naïveté avec laquelle tu m'as toujours regardé.

M.

Mon père et celui du frère que j'avais perdu étaient donc la même personne. La même ignoble personne.

Désormais, je n'avais guère de doutes sur le contenu de l'autre enveloppe, la blanche. J'ai légèrement soulevé un coin et j'ai reconnu l'écriture qui m'était devenue familière.

Chacun de tes mots m'a confirmé ce que j'ai toujours su. Les enfants n'appartiennent qu'à leur mère, les pères sont des fécondateurs et là s'arrête leur histoire.

Bientôt ils ne seront même plus nécessaires, il suffira d'un donateur et d'une seringue, et nous en aurons enfin terminé avec la pénible histoire de la famille, le ballet des mensonges qui a dévasté l'équilibre psychique de plusieurs générations.

Dans ma maison de Trieste, nous vivons à plusieurs : je ne manquerai donc ni d'aide, ni de compagnie. L'enfant grandira sans œillères, sans hypocrisie, il ne sera jamais obligé de mettre dans sa chambre une affiche sur laquelle sera écrit : « La famille est aussi aérée et stimulante qu'une chambre à gaz. »

Ce sera un enfant libre et il ira au-devant d'un monde tout aussi libre, sans subir de déformations ni la répression imposée par le patriarcat, le capitalisme et l'Eglise.

Il ignorera la peur et les angoisses car il aura pu grandir librement, en suivant la bonté originelle qui est enfermée dans le cœur de tout homme. Et son âme sera si grande que, certes, je ne pourrai peut-être jamais la connaître, mais contrairement à toi, cela ne m'inquiète pas et ne me fait pas changer d'avis.

C'est justement cela le défi : mettre au monde des êtres plus complets que nous. Si l'on n'arrive pas à faire la révolution avec les armes, on peut au moins la faire en élevant les enfants de manière différente.

G. dit que, quelque part dans le ciel, il était écrit que nos existences devaient de toute façon se rencontrer et s'unir, donnant naissance à une nouvelle vie. Même si tu ne l'acceptes pas, dans une certaine conjonction astrale, notre destin et celui de notre enfant étaient déjà écrits. Il est probable que, pour réaliser ce plan, nous nous poursuivons depuis plusieurs vies, et comme tu te refuses à procréer, ton karma sera très long et dévastateur. Tu te réincarneras sans doute en un animal : je te verrais bien en reptile (ton sang glacé qui irrigue chaque cellule de ton corps et de ton minuscule cerveau) ou en mandrill, au museau d'un rouge aussi vif que son derrière.

Inévitablement, ton enfant te ressemblera, il aura tes yeux, tes mains ou ta façon de rire, mais pour moi il ne sera que lui-même et, toi, tu seras un numéro du catalogue commandé par correspondance. S'il me pose des questions sur toi, je lui parlerai d'un amour d'une nuit, magnifique et impossible, sur une plage lointaine... Je ferai en sorte qu'il rêve de son père.

Heureusement, il y a G. dans ma vie. Je ne sais pas ce que j'aurais fait sans lui. Malgré tes sarcasmes, ce n'est pas un nouvel amant, mais une personne exceptionnelle, très importante pour moi. En ce moment, il m'aide à rassembler les morceaux, dans le grand désordre qui est en moi. Lui seul a la patience de les recoller, pour donner un sens à chaque fragment. G. sait voir là où les autres ne voient pas, il sait retrouver, dans l'enchevêtrement des routes et des sentiers de nos vies, le fil qui nous conduira au salut.

Je ne te l'ai jamais dit, mais il y a huit ans, j'ai déjà été enceinte de toi. Tu ne l'as jamais su, car dès qu'il a atteint les dimensions d'un têtard, il a fini dans une cuvette de w.-c. Je me suis débrouillée toute seule, sans en référer à personne. Sur le moment, cela m'a semblé un événement de moindre importance; c'est seulement maintenant, en creusant entre les ruines, que je comprends à quel point cet acte, en réalité, a été déterminant pour rendre ma maison aussi instable. Elle était probablement déjà minée, vu la mauvaise qualité des matériaux avec lesquels elle a été construite : derrière moi il y avait ma mère, avec sa mentalité bourgeoise étriquée, mon père, un homme gris qui ne m'a porté qu'une affection tiède, à laquelle j'ai répondu avec encore plus de froideur : un coléoptère parmi ses coléop-

tères, le cafard de la métamorphose, qui se réfugie sous le lit.

Mais je ne veux pas t'ennuyer avec ces mesquineries bourgeoises.

Il y a huit ans, je me suis débarrassée de notre fils parce que j'avais peur. Peur de la responsabilité, peur de m'engager, de devoir renoncer à ma jeunesse, de ne pas être prête à combattre pour la révolution, peur de ne pas être à ta hauteur, de te décevoir. Je t'ai menti, la première fois que nous avons couché ensemble : je n'avais pas pris la pilule. Et peut-être ai-je avorté parce que je craignais que tu ne te moques de moi, à cause de mon mensonge.

Pourquoi, ces dernières fois, ne m'as-tu jamais posé la question ?

D'après G., la réponse est claire : toi aussi, inconsciemment, tu désires un enfant. Tu joues les Hérode pour cacher ta terreur, mais au point où nous en sommes, après avoir lu ta lettre, je me fiche complètement de tes peurs. Mon ventre grossit de jour en jour, et c'est comme s'il y avait un petit soleil à l'intérieur : il est chaud, il éclaire et m'aide à aller de l'avant.

Je conduirai cette grossesse jusqu'à son terme : j'ai trente ans et je ne peux plus attendre, je ne suis plus la jeune fille naïve que tu dépeins, entichée de son beau professeur.

Désormais, c'est une question de choix responsables et moi, en adulte que je suis, je veux devenir mère. Je n'ai pas de travail, mais j'ai une maison à Trieste (cadeau de mes parents bourgeois, que je me suis bien gardée de refuser). En ce moment, je travaille sur mon inconscient, et ce n'est pas une mince affaire. De temps en temps, j'arrive à donner quelques heures de cours, et quand mes parents s'en iront dans l'autre monde, je pourrai de toute façon compter sur une rente. Donc, ne t'inquiète pas, tu n'assisteras jamais à la scène pitoyable où je viendrais mendier chez toi, un enfant dans les bras.

Tu sais ce que dit G. ? Que chacun de nous tient dans la main un fil, et que ce fil nous conduit à notre étoile. Chacun de nous a une étoile dans le ciel, et notre destin est d'apprendre à la suivre. C'est une étoile-cerf-volant, notre karma est écrit dans son sillage, si nous lâchons le fil, tout est perdu, il se forme des nœuds, une pelote d'étoiles.

Ce sont justement ces mots, « Pelotes d'étoiles », qui constituent le titre de son livre le plus important. Je le sais, ces choses n'ont aucune importance pour toi, mais sache que si tu ne cherches pas ton étoile, si tu ne la suis pas, tôt ou tard elle s'emmêlera avec les fils d'autres étoiles et il sera impossible de les démêler, elle commencera à s'éteindre jusqu'à disparaître.

L'étoile est un petit soleil, mais quand sa lumière s'épuise, elle devient froide, glaciale. C'est sous cette clarté sinistre que tu conduiras tes pas, pendant que mon fils et moi courrons heureux derrière l'arc-en-ciel de nos étoiles-cerfs-volants.

Om Shanti, Om Shanti, Om Shanti.

Pendant un court instant, durant la lecture, un voile opaque était descendu devant mes yeux : les mots dansaient en désordre, et même mes mains étaient prises de tremblements.

Les rêves de ma mère ne coïncidaient en rien avec mes souvenirs. Ce qui, pour elle, était liberté, n'avait été pour moi, petite fille, que désarroi et confusion. Il n'y avait jamais eu de courses heureuses sous l'arc-en-ciel. Son étoile avait été une étoile de destruction : la modeste force qu'elle avait opposée pour se sauver m'avait jetée dans un état de trouble profond.

J'ai remis les deux lettres dans le sac, avec la délicatesse dont on use pour les matériaux archéologiques, mis au jour après des siècles. Reposez en paix, me disais-je, reposez, flèches incandescentes prêtes à perforer la fragilité de mes entrailles.

Pendant que je prononçais ces mots, mes mains ont effleuré un feuillet froissé, au fond du sac. C'était une page de bloc-notes à carreaux, arrachée sans façon. A quelle époque remontait ce nouveau fragment ?

Il était daté du mois de mai, l'année de sa mort. TU T'ES MOQUÉ DE MOI TOUTE LA VIE ! avait-elle écrit en lettres capitales.

Au dos du feuillet, d'une écriture nerveuse, était rédigée une lettre :

Pardonne-moi, pardonne-moi de t'avoir mise au monde.

J'ai commis erreur sur erreur, j'ai creusé toute ma vie dans des tunnels, comme une taupe, sans rien voir, en tournant en rond comme un rat.

Il n'y avait pas d'horizon, il n'y avait pas de futur.

J'étais née pour vivre dans une impasse, désormais je suis au bout du chemin.

Pardonne-moi si tu peux.

Si tu ne peux pas, ce n'est pas grave, je te serre fort, je t'embrasse sur le front.

La signature — *Ilaria* — était barrée de deux traits noirs. Un peu plus bas, en gros caractères un peu enfantins, elle avait écrit :

Ta maman.

Quand le cœur se déchire, quel bruit fait-il ? Le bruit sourd d'une éponge trempée, ou le sifflement d'un feu d'artifice baigné par la pluie ?

J'aurais voulu en savoir plus, mais ce n'était pas possible. Désormais, je devais me fier uniquement à ma mémoire, aux quelques traits flous et lumineux qui appartiennent au tout début de ma conscience, mais cette porte était restée close pendant trop d'années. Ma vie — la vie que je connaissais — avait appartenu à toi, à ta maison, tout ce qui s'était passé auparavant s'était dissous, comme si j'étais vraiment née à quatre ans.

Toutefois, le fait de parcourir à nouveau ces années, en découvrant des choses qu'un enfant préférerait ne pas savoir, avait arraché un voile de ma mémoire, de même que — après une longue absence — on enlève les draps qui recouvraient les canapés.

En premier lieu, j'avais retrouvé une odeur, extrêmement précise. Odeur de cigarette mêlée à celle du haschisch brûlé dans une pièce fermée. Si j'avais été un oiseau migrateur, je l'aurais suivie pour retourner au nid. En effet, mon nid était l'appartement de ma mère à Trieste, une sorte de salle commune envahie par des gens qui allaient et venaient sans arrêt. Je marchais à quatre pattes entre des femmes et des hommes assis ou allongés sur le sol, comme à travers les allées d'un labyrinthe.

Dans la valise, je n'ai trouvé que deux photos de cette période. Sur la première, le visage boudeur et sale, vêtue d'un pull rouge, je suis dans les bras de ma mère pendant que celle-ci, les cheveux longs, des poches sous les yeux, me fait dire au revoir à quelqu'un, en tenant une de mes mains entre les siennes. La seconde photo remontait au jour de mon troisième anniversaire. Toujours beaucoup de gens assis par terre et moi au milieu, devant une masse sombre et informe éclairée par trois petites bougies jaunes, sans doute le gâteau. Derrière moi pendait, tel un feston, un rouleau de papier hygiénique sur lequel était écrit, au crayon-feutre, *Bon anniversaire.*

Je n'avais aucun souvenir réel de ces deux événements ; ce qui restait en moi des premières années de ma vie était une sorte de bruit de fond, une accumulation de voix contrastées, de bruits violents parfois dominés par le son déchirant d'un instrument de musique (plus tard identifié comme un sitar) qui me faisait pleurer.

J'avais peur de ce son, de même que j'avais peur de rester seule quand tout le monde s'endormait sur le sol, j'avais peur quand le soleil était haut dans le ciel et que je secouais ma mère et qu'elle, au lieu d'ouvrir les yeux, continuait à dormir en se tournant de l'autre côté.

J'avais peur du sitar et j'avais peur de ma mère parce que souvent, ce n'était plus elle mais une autre personne, elle saisissait les objets et les cassait, elle se cognait la tête contre les murs et donnait des coups de pied dans les portes.

C'est peut-être cette terreur qui a effacé son visage de ma mémoire. En quelques instants, la réalité pouvait exploser, se briser en mille morceaux et, d'une certaine manière, l'allumage de la mèche me concernait.

Dans mon souvenir, outre l'effroi et l'anxiété continuelle, cette période se caractérise aussi par la naissance de quelque chose de plus petit et de plus dévastateur, quand on est un enfant : le sentiment de la compassion. Oui, c'était de la compassion, ce nœud dans la gorge qui me faisait pleurer pendant qu'elle était étendue par terre, épuisée, et que moi, avec crainte et délicatesse, je m'approchais pour effleurer son visage.

2

Pouvais-je continuer à ignorer mon père comme il l'avait fait avec moi ? Je me le demandais sans arrêt, ces jours-là, sans trouver de réponse.

Durant mon adolescence, j'avais beaucoup fantasmé sur lui. Vers l'âge de neuf ans, j'ai cessé de croire à l'histoire du prince turc (de même qu'à l'existence de saint Nicolas), mais je continuais à y penser, élaborant, jour après jour, ma mosaïque personnelle. Pour ce faire, j'utilisais les tesselles aux couleurs les plus extraordinaires : s'il ne s'était jamais manifesté, il était évident qu'il devait avoir eu un empêchement, un obstacle si important qu'il avait menacé son existence, et peut-être la mienne.

Pour quelle autre raison un père choisirait-il délibérément de ne pas voir grandir sa fille ? Dans mon imagination, des scénarios de plus en plus rocambolesques se succédaient, de l'espionnage international (seul un espion ne pouvait pas courir le risque de trahir son identité) aux laboratoires de recherche scientifique la plus avancée (mon père devait être un biologiste, un chimiste, un physicien, et il travaillait à quelque projet d'une importance capitale pour l'avenir de l'humanité) : c'est pourquoi il était obligé de vivre dans un souterrain blindé, loin des regards indiscrets, et renoncer ainsi à l'amour de sa fille.

Les enfants veulent être fiers de leurs parents, dommage que les parents ne s'en rendent pas compte. Dans les cas les plus heureux, un père et une mère ont une idée de ce que devrait être un fils, et ils font en sorte que tout se conforme à cette idée. Dans les cas les plus malheureux, ils ne voient rien en dehors d'eux-mêmes, et continuent à vivre sans s'apercevoir de ce rayon laser constamment pointé sur eux, un regard qui transperce les murs et franchit les distances, implacable, assoiffé, capable de les atteindre n'importe où sur terre, de les suivre au ciel ou en enfer, prêt à tout risquer, à tout perdre, un regard qui, à partir du moment précis où il s'est ouvert sur le monde, ne demande qu'une seule chose : un autre regard qui lui réponde.

Chaque enfant naît avec un besoin inné d'émerveillement, il veut ouvrir les yeux sur quelque chose qu'il puisse admirer, être conduit au sommet d'une montagne et contempler la splendeur, la lumière qui change, la neige, le reflet des glaciers, l'aigle majestueux qui protège d'en haut ses petits, comme devraient le faire aussi les géniteurs des êtres humains.

Au lieu de cela, le paysage qui se découpe à l'horizon de beaucoup d'enfants n'est autre qu'une décharge à ciel ouvert pleine de carcasses de voitures, de chaises cassées, de chauffe-eau et de baignoires gisant sur l'herbe, de sachets en plastique pendus aux branches et de téléviseurs morts : une étendue désolée et chaotique. Et cependant, même là, certains d'entre eux parviennent à trouver quelque chose à admirer — peut-être une bille — et dans cette petite sphère de verre, pour une fraction de seconde, le monde brille entre leurs mains, sans ombre.

Pour ne pas céder au découragement, un enfant peut s'accrocher à n'importe quoi — des indices, des signaux capables de s'agrandir et de s'élargir jusqu'à recouvrir toute la scène.

Il n'est pas de détective ni de savant qui résiste, face au talent inquisiteur d'un enfant en quête de raisons valables d'admirer ceux qui l'ont mis au monde.

Un père ivrogne (que tu dois peut-être enjamber pour aller à l'école, lorsqu'il est étendu sur le sol) n'est pas méchant, au contraire : il aurait pu rentrer à la maison furieux et te bourrer de coups de pied, alors qu'il a décidé de s'endormir et de te laisser tranquille. La mère qui, après t'avoir négligé durant des jours, rentre à la maison et te prépare une omelette, est une bonne mère : elle aurait pu ne pas le faire, elle aurait pu rentrer et s'enfermer dans sa chambre, de toute façon elle n'a pas faim et se fiche bien de toi, alors qu'elle ouvre le frigo, prend les œufs et va même jusqu'à te regarder dans les yeux en te demandant si tu as fait tes devoirs, car tu es ce qu'il y a de plus important dans sa vie.

Pendant des années, j'avais enfermé mon père dans un petit ballon imaginaire qui me suivait partout : il se tenait là-dedans, en suspens, avec le sourire tranquille de Bouddha, entouré de pétales : sublime, hors d'atteinte. J'étais persuadée que tôt ou tard il descendrait enfin sur terre, pour me serrer dans ses bras.

Il y avait bien eu une explosion, mais au lieu du Bouddha séraphique et imperturbable, c'était le Pr Ancona qui avait dégringolé sur le sol, avec sa barbe, ses cigarettes, ses paroles en apparence sensées, en réalité aussi affilées que des stylets.

Durant ces jours de solitude totale, j'avais lu et relu son unique lettre à ma mère. Dans un premier temps, j'avais eu l'impression de pouvoir partager certaines de ses convictions — l'amour pour la connaissance, par exemple, ou le désir de vivre sans entraves, pour pouvoir se promener et s'interroger plus librement : c'est un esprit supérieur, me disais-je, au fond, il a le droit de refuser la routine; mais j'étais encore prisonnière du syndrome du petit ballon, je voulais retrouver en lui quelque chose de moi-même.

En examinant les choses de nouveau, quelques jours plus tard, elles me sont apparues sous un angle bien différent; c'était comme si, entre ces lignes, s'était produite une réaction chimique : sous les paroles lisses, ordonnées, pleines de bon sens, suintait une substance verdâtre, acide, corrosive, capable de mettre en lumière la vraie nature de celui qui les avait écrites. Il y avait là-dedans du paternalisme, de la dérision et du cynisme. Ma mère était décrite comme une de ces pauvres midinettes qui peuplent les romans à l'eau de rose, séduite et abandonnée au premier incident de parcours; autres termes, autre sauce, mais à y bien regarder, comme il le disait lui-même, l'histoire était toujours la même : la femme tombe amoureuse, et rêve, alors que l'homme s'amuse, et joue.

J'avais imaginé pendant des années la rencontre avec mon père, notre première étreinte, mais ces quelques pages avaient balayé toute tendresse et toute admiration, ne laissant en moi que de la rage. Je me sentais humiliée dans ma féminité, dans le fait que j'étais la fille de ma mère (et donc la sienne aussi), fruit de cet engendrement-non-engendrement qui, par une farce du hasard, m'avait mise au monde.

A présent, je savais qu'à notre première rencontre, je lui cracherais dessus. Certes, j'irais à sa recherche, mais pas par affection ni par curiosité : juste pour exhaler la fureur que je sentais monter en moi, pour lui crier au visage toutes les choses que j'aurais voulu dire à ma mère et que j'avais gardées en moi, faute de courage.

Ce qui était sûr, et qui me consolait, c'était que malgré sa soif de liberté et la haute estime qu'il avait de lui-même, il n'était pas devenu ce qu'il espérait, sinon j'aurais lu son nom quelque part. Il avait dû rester un poisson de petite taille, ou de taille moyenne, cantonné toute sa vie dans l'étroit aquarium protégé de l'université et des publications spécialisées. J'en ai eu la confirmation quelques jours plus tard, dans une librairie : sur un essai d'épistémologie traduit de l'anglais était écrit : *Postface de Massimo Ancona*.

Il n'a pas été difficile de le retrouver. J'ai téléphoné à la maison d'édition pour demander son adresse; ils m'ont gentiment répondu que, pour des motifs de respect de la vie privée, ils n'étaient pas autorisés à le faire, mais que je pourrais leur envoyer une lettre à son nom, et ils se chargeraient de la lui transmettre.

J'ai donc pris du papier et un stylo et je lui ai écrit. Je me suis présentée comme étant une étudiante en philosophie, jeune, timide, pleine d'admiration pour la complexité de son œuvre.

Pouvions-nous nous rencontrer?

La réponse n'a pas tardé à arriver. Il n'habitait pas très loin de Trieste. Il m'a remerciée, se défendant des compliments, ajoutant qu'il était inutile de prendre rendez-vous car tous les après-midi, sauf le dimanche, il était toujours chez lui. Il suffisait que je sonne à l'interphone, que je dise mon prénom — Elena — et il m'ouvrirait.

C'est ainsi que par une journée glaciale de *bora*, la jeune Elena, vingt-deux ans, a pris le car à destination de Grado pour faire la connaissance de son père. Elle y est allée comme le loup du Petit Chaperon rouge, comme l'ogre du Petit Poucet, comme tous les personnages des contes, capables de mordre et de faire mal. Mais elle l'a également fait comme un enfant, dans une attente naïve, dans l'espoir qu'au fil des ans, l'histoire prendrait une autre direction, car cette étreinte était toujours là en attente, grande ouverte à l'intérieur d'elle-même, comme les pattes d'un crabe géant.

Avec quels sentiments me préparais-je à cette rencontre, dans ce car à demi vide qui me conduisait vers la mer ?

Peur ? Colère ? De la colère, sûrement, mais peut-être surtout de la peur. Derrière la fenêtre défilait un paysage d'une désolation plate ; nous venions de longer les grues du chantier de Monfalcone et dépassions l'estuaire de l'Isonzo. De temps à autre, le ciel était traversé par le vol lent d'un héron. De la peur aussi parce que — après tant de réflexions et de plans d'attaque stratégiques — je n'étais plus aussi sûre que ma main aurait le courage de presser le bouton de l'interphone, mes jambes de monter l'escalier et mon regard d'affronter le sien sans trahir ni sentiments ni émotions, comme Ulysse de retour à Ithaque, juste avant qu'il extermine les Prétendants.

J'ai été la seule personne à descendre à l'arrêt. Un vieux cycliste, à l'allure plutôt hésitante, avançait, du fond de la rue déserte.

Malgré le nom — Grado Pineta — il n'y avait vraiment pas beaucoup de pins à cet endroit-là ; la plupart étaient dépenaillés et prisonniers d'un quadrillage de copropriétés dégradées, aux noms poétiquement évocateurs : *Les Sirènes, Hippocampe, Etoile de mer, Nausicaa.*

Durant les longs mois d'hiver, les petits jardins publics avaient abrité toutes sortes de bouteilles, papiers gras, cannettes de bière et déchets, transportés par le vent.

Lieu privilégié de résidences secondaires durant le boom économique, le quartier ressemblait désormais à un galion à la dérive. Depuis longtemps déjà, la salinité de la mer avait commencé son travail de corrosion sur les enduits et les montants des ouvertures ; plusieurs volets pendaient, hors de leurs gonds, quelques stores étaient tombés. Devant une villa en ruine, une pancarte, de guingois et criblée de trous, portait l'inscription *Villa Luisella*. Pendant l'hiver, quelqu'un avait dû s'amuser à la prendre pour cible ; derrière le portail, sur la pelouse, gisait une bicyclette avec une seule roue.

Comment le Pr Ancona s'était-il retrouvé dans un lieu de ce genre ? Je n'arrivais pas à répondre à cette question. Après deux tentatives ratées, j'ai enfin trouvé la rue et le numéro.

18, rue du Mistral.

Devant moi se profilait un immeuble aussi spectral que les autres, uniquement agrémenté d'un petit portique qui, l'été, abritait peut-être des magasins (je les imaginais remplis de canots pneumatiques et de ballons, de crèmes solaires et de matelas de plage, de seaux et de petites pelles) ; mais à présent, ils étaient fermés, et à travers les tristes rideaux de fer à croisillons, on entrevoyait les comptoirs vides, le voile de poussière, les pages d'un quotidien éparses sur le sol.

Massimo Ancona. C'était l'un des rares noms sur le tableau des interphones. Je ne pouvais plus hésiter, chaque fraction de seconde se transformait en doute. Et à partir du doute, une certitude s'imposait avec force : pour ma vie et pour la sienne, il aurait mieux valu faire demi-tour et retourner dans l'obscurité d'où j'étais venue.

« Elena, ai-je dit dans l'interphone.

— Cinquième étage. »

Ma main pousse la lourde porte vitrée, mes yeux reconnaissent, suspendue dans l'entrée, une bouée de sauvetage blanche ou orange (au cas où la villa coulerait ?) avec le nom de la copropriété, *Les Naïades*, puis une porte s'ouvre, et je me retrouve face à mon père.

3

Odeur de renfermé, de fumée froide, pénombre. Des meubles blancs de maison de vacances en bord de mer, des portes branlantes, du contreplaqué gonflé par l'humidité. Des livres partout, des feuillets épars sur le sol, une vieille machine à écrire recouverte d'une housse, un ordinateur portable ouvert — unique source de luminosité — des journaux, des revues, une bouteille de whisky et, à côté, un verre rendu opaque par les traces de doigts, une courtepointe sale protégeant un lit d'enfant transformé en canapé.

Au milieu de la pièce, lui.

Même visage que sur la photo, juste un peu plus gonflé, cheveux noirs, barbe poivre et sel, yeux flamboyants, silhouette encore mince mais un peu alourdie par le ventre qui pousse les boutons de la chemise comme pour les faire sauter.

« Quelle bonne surprise, pour un après-midi qui aurait été bien mélancolique !

— Enchantée. Elena », ai-je dit avant de m'asseoir sur le lit-canapé déglingué.

Plutôt que de parler de moi et de mes études, sur lesquelles je suis soigneusement restée très vague, je l'ai fait parler, lui. Il semblait n'attendre que cela. Ce devait être un homme très seul, la tête toujours pleine de pensées, il lui semblait incroyable que quelqu'un ait envie de l'écouter.

La curiosité avait pris le pas sur la colère. J'essayais de le regarder avec les yeux de ma mère : qu'est-ce qui l'avait frappée ? Quelles émotions avait-il suscité en elle, pour avoir déterminé son destin de manière aussi tragique ?

« Tu dois être étonnée, poursuivait-il dans son long monologue, que j'aie choisi de vivre dans un lieu aussi hallucinant. Peut-être aurais-tu préféré venir me voir dans un loft tiré d'une vieille poissonnerie à Venise, avec des meubles anciens et des gravures d'époque sur les murs ; mais vois-tu, cela aurait été une forme de conformisme, j'aurais suivi un modèle préétabli — le professeur de philosophie dans son habitat naturel — et c'est justement ce que je ne veux pas faire, entrer dans un moule que l'on m'imposerait. Cela aussi fait partie du déracinement : coloniser les avant-postes du néant. Je vais là où personne n'aurait jamais le courage d'aller, et tu sais pourquoi ? Parce que je n'ai pas peur. C'est tout. Je ne vis pas dans le mensonge du lien, je ne crains rien. C'est le mensonge qui nous rend fragiles. Nous nous sentons obligés d'accumuler les objets et les simulacres pour maîtriser la terreur, mais cette manie de l'accumulation, au lieu de nous rassurer, engendre une terreur encore plus grande, celle de perdre. Plus nous avons de liens, plus nous vivons dans la panique, les personnes meurent ou nous quittent, les objets s'égarent, se cassent, sont volés et, brusquement, nous nous retrouvons complètement nus. Nus et désespérés. Evidemment, nous avons toujours été nus, mais nous avons fait semblant de ne pas le savoir, de ne pas le voir, et quand nous nous en apercevons, il est souvent trop tard pour se mettre à l'abri. Si tu ne peux pas t'agripper au néant, comment t'en sortiras-tu ? Tu t'en sors en n'agissant pas — ou mieux, en agissant en harmonie avec le néant. Le néant nous précède, le néant recouvrira notre passage. Dans le néant, il y a la sagesse de l'apparaître et du disparaître : c'est pourquoi nous devons nous abandonner au néant comme à une nourrice généreuse... *Coloniser les avant-postes du néant* est justement le titre de l'essai auquel je suis en train de travailler... »

Le temps passait, et je n'arrivais pas à suivre le flux de ses phrases. Il ne me restait plus qu'une heure avant le dernier car. Je ne savais comment aborder le sujet.

Heureusement, à un moment donné, il s'est levé pour se resservir du whisky, et mon regard est tombé sur un magnifique tapis persan, le seul objet ancien dans la maison.

Je le lui ai montré :

« Et ça, ça vient d'où ?

— Tu trouves que c'est contradictoire ? Ça l'est, en effet... Mon père faisait commerce de tapis, c'est l'un des derniers qui me soient restés.

— Un souvenir ?

— Non, mon coffre-fort. Quelque chose à vendre, en cas de besoin. »

Au lieu de s'asseoir sur la chaise, il s'est installé à côté de moi sur le canapé-lit ; sous son poids, les ressorts ont grincé. Nous sommes restés un peu ainsi, en silence ; dans le voisinage, un chien aboyait désespérément. Puis, il a pris une de mes mains entre les siennes et s'est mis à l'examiner.

« D'après les anciens, la main d'une personne renferme toutes les qualités de son âme... Ici, je vois de l'intelligence et de la noblesse de pensée... Elle ressemble beaucoup à la mienne. »

Nos mains étaient posées sur ma jambe, côte à côte. La mienne tremblait légèrement.

« Elle lui ressemble parce que je suis ta fille », ai-je dit, d'une voix qui m'a étonnée par son calme.

Aux aboiements du chien se sont ajoutés les jurons d'un vieillard qui essayait de le faire taire, sans succès.

Il s'est aussitôt écarté de moi.

« C'est quoi ? Une plaisanterie ou un mauvais mélodrame ? »

Sa voix était mi-alarmée, mi-amusée.

« Padoue 1977. Ça ne te dit rien ? »

Il s'est levé pour mieux scruter mon visage.

« Padoue 1977... Des années merveilleuses, les filles se jetaient dans mes bras comme les abeilles dans une corolle.

— La mise à nu de la vérité. »

Une lueur pleine de dureté a traversé ses yeux, les rendant opaques, effaçant les nuances des reflets.

« Si tu comptes me réclamer quelque chose, je te dis tout de suite que tu as raté ton but.

— Je ne réclame rien du tout.

— Qu'est-ce que tu veux, alors ? Un dédommagement, de l'argent ? Si c'est pour ça, je peux te donner un tapis, mais c'est tout.

— Je n'ai pas besoin d'argent et je ne veux pas de tapis.

— Alors, pourquoi es-tu venue jusqu'ici, à supposer que tu sois vraiment ma fille ?

— Par curiosité. Je voulais te connaître.

— Entre les êtres humains, la connaissance totale est impossible.

— Mais la curiosité est un attribut de l'intelligence.

— *Touché*[1] !

C'était presque l'heure du passage de l'autocar ; pendant que j'enfilais ma veste, il a ouvert la porte d'entrée en disant :

« Tu peux revenir quand tu veux. L'après-midi, je suis toujours ici ; le matin, il vaut mieux que tu téléphones parce que je sors souvent. »

Après cette première visite, je suis revenue le voir chaque semaine, pendant trois mois. Nous allions souvent nous promener sur la plage ; la saison estivale était encore loin et sur le sable mouillé pourrissaient des tas d'algues qui, les jours de soleil, dégageaient une odeur forte, attirant des vols de goélands, toujours en quête de nourriture.

Le niveau de l'eau variait beaucoup avec les marées. Parfois, les retraités-pêcheurs devaient s'aventurer quasiment jusqu'à l'horizon pour réussir à trouver des clovisses et des coquilles saint-jacques.

Nous croisions souvent des gens qui faisaient du jogging : des jeunes athlétiques ou des hommes ventripotents, trempés de sueur même en plein hiver.

Souvent, durant les journées plus douces, les amoureux s'asseyaient sur des troncs abattus par les tempêtes.

« Tu sais pourquoi tous les amoureux aiment regarder la mer ? a déclaré un jour mon père, en m'indiquant un couple enlacé. Parce qu'ils sont persuadés que leur amour est sans fin, comme

---

1. En français dans le texte. (*N.d.T.*)

l'horizon. Bref, sur une ligne illusoire, ils superposent un sentiment illusoire. »

Il ne ratait jamais l'occasion de me démontrer la fragilité du monde apparent. Maya (la grande illusion cosmique, selon la philosophie indienne védique) nous emprisonne dans ses filets magiques, d'où seuls quelques rares élus parviennent à trouver un passage et à s'enfuir, en ouvrant enfin les yeux. Tous les autres sont contraints de poursuivre des ombres.

« L'amour ne peut pas être qu'une ombre, ai-je répliqué.

— Bien sûr qu'il l'est. Il est l'ombre de la partialité. Vois-tu, aujourd'hui, je suis content de me promener avec toi sur cette plage, je suis ravi de te parler d'une foule de choses, mais est-ce de l'amour ? Non, c'est juste une certaine complaisance dans la connaissance de quelque chose. En toi, qui dis être ma fille, j'aime le reflet de ma propre intelligence, ce que je connais de moi et que j'arrive à retrouver en toi. Mais si, par exemple, tu avais pris un trait génétique différent (mettons, chez une tante bornée, dans ma famille ou dans la tienne), si tu étais une sotte qui vit pour les talk-show et pour les pantalons à la dernière mode, je t'aurais tout de suite mise à la porte, et j'aurais même changé de numéro de téléphone pour que tu ne puisses pas me joindre. Posséder ne m'intéresse pas ; je préfère reconnaître un signe, une trace qui, mystérieusement, se retrouve de génération en génération. C'est justement pour cela — par refus de la possession — que je t'ai laissée libre. Essaie d'imaginer ce qui se serait passé si, dès le début, tu avais su que tu étais la fille du Pr Ancona. Automatiquement, tu aurais reproduit des schémas comportementaux définis d'avance en te sentant obligée, par exemple, d'être la première de la classe. Ou peut-être, par réaction, aurais-tu fait le maximum pour paraître la plus imbécile possible, en te perçant les paupières avec des clous et en suivant, comme un mouton, toutes sortes de modes abominables rien que pour me faire enrager. Alors que comme ça, tu as grandi sans subir le moindre conditionnement et tu es devenue ce que tu aurais vraiment voulu être, pas une plante de pépinière, mais un arbre qui pousse, seul et majestueux, au milieu d'une clairière, et tout cela grâce à moi, parce que je me suis caché, effacé. Ne crois pas que ça n'a pas été un sacrifice pour moi ; j'ai dû renoncer aux mille petites joies accordées aux pères, mais je n'ai pas voulu te rogner les ailes, tu comprends ? J'ai préféré que ce soit vraiment ton patrimoine génétique qui se manifeste, sans déformation, sans conditionnement, car au fond c'est cela, notre essence : durant des millénaires, notre ADN s'est enroulé, renfermant entre ses spires le secret de notre aptitude à survivre : vis, survis, meurs : tout est écrit là, dans ces microns de matière. »

Ce jour-là, le soleil était chaud. Nous nous sommes assis sur un pédalo qui avait été tiré sur le sable et nous avons enlevé nos vestes. Mon père s'est allumé une cigarette. Mes yeux sont tombés sur un cormoran mort, non loin de nous : un rapace devait lui avoir mangé la tête, et les mouches grouillaient sur le moignon du cou ; si je l'avais déplacé, j'aurais trouvé les nécrophores déjà à l'œuvre.

Il ne m'avait jamais posé aucune question sur ma mère, ni qui elle était — si c'était une de ses nombreuses conquêtes — ni ce qu'elle était devenue. Cela me semblait étrange.

« Ma mère est morte, ai-je dit, sans le regarder en face.

— Ah oui ?

— Depuis presque vingt ans. Moi, j'en avais quatre.

— Ça aussi, c'est une forme de chance. Et comment est-elle morte ?

— Dans un accident de voiture ; je n'en sais pas beaucoup plus. Je crois qu'elle n'y arrivait plus, et que d'une certaine manière... »

La fumée de la cigarette montait, avec des anneaux réguliers, devant son visage. J'ai poussé un grand soupir.

« C'est vraiment ça... le gène de la naïveté est souvent porteur d'un défaut.

— Lequel ?

— L'autodestruction. »

Un jour, après la promenade, il m'a emmenée déjeuner dans la vieille ville, dans un restaurant dont il était probablement un client habituel car le serveur, un peu âgé, l'avait appelé « monsieur le professeur » en le conduisant vers la table.

« Ils vont penser que tu es ma dernière conquête », a-t-il chuchoté en s'asseyant.

« Depuis quand t'intéresses-tu à ce que disent les autres ? » avais-je envie de répliquer ; mais je n'ai rien dit.

Sur le mur derrière moi, un ivrogne me fixait depuis une peinture à l'huile : il avait une fiasque vide devant lui, un chapeau incliné sur une oreille, et deux larmes sillonnaient son visage. Sur le tableau d'à côté, un soleil énorme et orange veillait sur deux chevaux blancs qui s'affrontaient, naseaux contre naseaux, jambes contre jambes — on ne savait s'il s'agissait de rivalité ou d'amour. Au fond, aurait dit mon père, c'est la même chose.

« Prends le bouillon avec la polenta, m'a-t-il conseillé.

— Non, je préfère les calamars frits. »

En attendant, on nous a apporté des hors-d'œuvre et du vin blanc. C'était la première fois que je le voyais manger. Je pensais qu'il le ferait avec un détachement souverain, comme tout le reste, mais, à ma grande surprise, il dévorait tout avec avidité, les yeux baissés, les doigts rapides, comme s'il sortait d'une longue abstinence.

Jusque-là, il n'avait jamais posé la moindre question sur moi ni sur ma vie. En l'observant, penché sur son assiette, j'ai été traversée par un doute : si, à ma place, il y avait eu un mannequin ou une silhouette en carton, cela aurait été exactement pareil. Mais c'était moi qui voulais savoir quelque chose sur lui, si bien que, pendant qu'il attendait le bouillon tant désiré, je l'ai questionné sur sa famille.

Sa mère était originaire de Rhodes, et son père, Bruno Ancona, faisait commerce de tapis ; en réalité, il avait passé son diplôme d'économie et de commerce, héritant de son beau-père le commerce des tapis. Entre travailler pour une compagnie d'assurances et voyager en Orient en quête des meilleures pièces, il avait préféré la seconde voie. Ses parents vivaient à Venise où il était né, en 1932.

Peu de temps avant les lois raciales, ils s'étaient embarqués pour le Brésil à bord d'un navire, emportant avec eux une caisse de tapis. Sa mère avait essayé de s'opposer à ce départ, de toutes ses forces : les amies avec qui elle jouait à la canasta n'avaient pas bougé, il n'y avait aucune raison de s'alarmer.

Ils étaient Italiens. Italiens comme tous les autres.

Pendant la traversée, son mari avait dû subir ses lamentations. « Tu as trop d'imagination, lui répétait-il, elle nous conduira à notre perte. »

Même à São Paulo, son désespoir n'avait pas pris fin. Tout était excessif, pour elle : trop d'humidité, trop de chaleur, trop de saleté, trop de misère, trop de Noirs et, ce qui était encore plus grave, personne avec qui jouer à la canasta. Elle avait résisté deux ans, puis elle était tombée malade, et elle était morte.

« Tout compte fait, une femme stupide, avait dit mon père. Très belle, brune, des yeux comme des braises, mais stupide. »

En revanche, Bruno n'était pas stupide; après une année de veuvage, il s'était remarié avec une belle créole et avait mis au monde une ribambelle de marmots café au lait.

Quant à lui, Massimo, à la fin de la guerre, il s'était fait donner par son père ce qui lui revenait et s'en était retourné en Europe. Il ne l'avait plus revu ni entendu, il ne savait même pas s'il était encore en vie.

« Cela non plus, avait-il conclu, en suçant avidement la pince d'un crustacé, n'a aucune importance. On ne peut modifier le passé, et l'avenir ne nous appartient pas. La seule chose qui existe vraiment, c'est le présent. Seul compte l'instant présent. »

En rentrant à Trieste, ce soir-là, l'odeur de friture m'a poursuivie jusqu'à l'intérieur de la maison. J'étais fatiguée et tout ce que je voulais, c'était dormir, mais j'ai dû quand même prendre une douche. Je craignais que, pendant la nuit, cette misère ne pénètre en moi, se mêlant à ma tristesse.

4

La semaine suivante, je ne suis pas allée lui rendre visite.

Ses propos s'étaient déposés sur mes pensées comme de la poussière sur des meubles, se glissant dans les fissures, dans les espaces vides, les bouchant ; ce n'était pas la saleté innocente de la négligence, qu'un chiffon ou un souffle suffit à faire disparaître, mais une poussière empoisonnée, capable de cacher entre ses molécules un métal dangereux — du plomb, de l'arsenic — des substances qui, absorbées à faibles doses, ne provoquent pas de symptômes au début mais qui, au fil du temps, mènent à l'empoisonnement et à la mort.

Plusieurs fois, en l'écoutant, je m'étais retrouvée en train d'acquiescer à ses propos ; au fond, je partageais son mépris des apparences, des sentiments feints ; la mesquinerie que j'entrevoyais dans le regard de nombreuses personnes m'irritait et me terrorisait à la fois. Quelle vie pouvait-il y avoir derrière ces yeux opaques ? Une existence qui, à coup sûr, ne serait pas la mienne, mais quelle alternative pouvait-on opposer à l'opacité ? Grâce à son tempérament (qui était aussi le mien) mon père était sorti du lot, mais sa vie était-elle vraiment une vie libre ?

L'image qu'il se plaisait à donner de lui-même était celle d'un arbre qui se découpait dans une clairière, solitaire, tendant vers le ciel le majestueux échafaudage de ses branches.

Mais sa vie ne ressemblait-elle pas, plutôt, à un de ces grands platanes au tronc puissant qui bordent les avenues des villes, et qui ont grandi avec insouciance parmi les pisses de chien, les papiers gras, les mégots et les cannettes accumulés entre les racines, indifférents à la peinture fluo avec laquelle les amoureux mêlent leurs prénoms, aux graffitis gravés sur leur écorce, plus obscènes de saison en saison ?

Un arbre dont les racines ne respirent pas, suffoquées par l'asphalte, épuisées par les vibrations des autobus, aux feuilles grises et au tronc noirci par la suie et qui, malgré tout, conserve une taille imposante parce que, comme tous les arbres, il n'aspire qu'à une chose : s'abreuver de lumière; et pour le faire, il doit continuer à monter vers le haut, de plus en plus haut, dépassant l'ombre des immeubles. Une conquête qui, chaque hiver, est anéantie par l'implacable hache du service des espaces verts qui ne laisse, de ses belles branches, que de minuscules moignons. Mais malgré cette mutilation, le platane ne renonce pas : à chaque printemps, de ses bras amputés poussent d'innombrables branchettes et, de ces tendres rameaux, les premières feuilles.

Voir un arbre dans cet état fait mal au cœur, surtout lorsqu'on sait combien d'espace il peut occuper au milieu d'une clairière. Mais beaucoup de gens l'ignorent et s'émerveillent quand même.

« Regarde comme il est beau ! dit le grand-père à son petit-fils, en passant à côté de lui. Ses feuilles sont sorties ! »

Il ne se doute pas, ce vieil homme, que cette apparition chétive n'est qu'une agonie qui dure depuis des décennies, le chant d'une baleine couverte de harpons, qui meurt et s'abîme dans l'océan.

Pendant que j'étais avec mon père, je me sentais comme un lièvre entre les spires d'un python, la complexité et la hardiesse de ses raisonnements me coupaient le souffle, me donnaient le vertige.

Mais dès que je m'éloignais de lui et que je repensais à ses discours, l'étourdissement se transformait en irritation, et l'image du platane s'imposait de nouveau à moi avec insistance. Il avait recherché la vérité avec la même force qui pousse l'arbre vers la lumière entre les immeubles, mais en niant la vie, il n'avait fini que par se ratatiner sur lui-même.

Il était comme un voyageur qui attend un bus, assis devant un arrêt en plein désert, sans savoir que cette ligne a été supprimée depuis des années.

Que se serait-il passé, par exemple, si au lieu de se défiler lorsque ma mère était enceinte, il avait assumé ses responsabilités, s'il s'était marié, s'il avait cultivé ses relations avec sa famille d'origine et si, au lieu de quitter l'université, il avait continué à enseigner, s'occupant de ses étudiants avec passion ?

Bref, quelle aurait été sa vie — et celle des personnes qui l'entouraient — si au lieu de fuir ses responsabilités, il les avait assumées ?

Quel rapport y a-t-il entre vérité et vie ?

C'était la question cruciale que je me posais, ces mois-là. Je me la posais pour lui, mais pour moi aussi.

Le pire moment était la nuit.

Seule dans cette grande maison, exaspérée par le bruit du vent qui faisait claquer les volets, j'avais la certitude que la recherche de la vérité, au fil des ans, se transformerait en paravent, un de ces beaux objets brodés artistiquement comme ceux que l'on utilise en Chine, mais malgré tout un châssis à doublure, un lieu derrière lequel se cacher, et cacher bien des choses.

Par ailleurs, si je pensais à ma mère, ma colère se muait en fureur. Si elle était si naïve, pourquoi l'avait-il abandonnée à son destin ? Il n'éprouvait pas de remords ? Etais-je uniquement le fruit de la réaction biochimique de deux êtres étrangers l'un à l'autre ? La lumière de mars — la sollicitation de l'hypothalamus avec ses tempêtes hormonales — avait imposé leur accouplement, leurs sécrétions s'étaient mélangées, et voilà tout ?

Les crapauds font de même : en février, ils se rencontrent dans les étangs, et en mars, ils retournent dans les bois, laissant là leurs œufs. Mais un crapaud ne se demande pas : qui suis-je, quel sens a ma vie ?

Ma mère était-elle un crapaud, un porc-épic, une couleuvre, ou quelque chose de différent, quelqu'un d'unique, en tout cas ? Et sa fin était-elle vraiment imputable à une incapacité innée à survivre dans la jungle de l'existence, ou y avait-il d'autres responsables, des actions non ou mal accomplies par ceux qui l'entouraient et qui auraient dû l'aider, étant plus âgés et plus expérimentés qu'elle ?

Peut-on vraiment comparer les animaux et l'homme ?

Plusieurs fois, au cœur de la nuit, prisonnière de ces raisonnements tortueux, j'ai saisi le téléphone, prête à lui crier : « Tu me dégoûtes. Je te hais. Va au diable ! » Mais chaque fois, après avoir composé l'indicatif, j'étais paralysée, en proie à une crainte inexplicable.

Peut-être avais-je peur de sa voix moqueuse, de son inévitable « je savais que ça se terminerait ainsi », dit d'une voix traînante ? Ou craignais-je de dégringoler, sans possibilité de salut, dans la masse visqueuse où, avec, mépris, il avait relégué « les autres » ? Les autres — les gens normaux —, ceux qui se contentent de ce qu'ils ont, qui n'ont ni l'intelligence ni l'audace de se mettre debout et de scruter l'horizon, tous les misérables qui continuent à jouer de la grosse caisse du quotidien, sans se rendre compte que la vie n'a aucun sens.

Normaux comme ma mère, comme son père (avec sa femme créole et ses marmots café au lait), comme les étudiants qui n'avaient pas su lui tenir tête, les amis (si jamais il en avait eu) ou les femmes qui n'avaient pas eu le courage de le suivre, de coloniser avec lui les avant-postes du néant.

Oui, c'est vrai, dans mon indécision, il y avait aussi la peur de son mépris, je n'étais pas prête à subir quelque humiliation que ce fût de sa part. Au fond, il était (tout au moins le croyais-je, à l'époque) le seul parent que j'avais au monde, le plus proche. Que ce fût une bonne ou une mauvaise chose, je lui devais cinquante pour cent de mes gènes.

Ces derniers mois, j'avais commencé à faire le point sur les détails qui nous rapprochaient ; en réglant la lunette d'approche, j'en voyais de plus en plus : c'est pour cela, me disais-je, que je ne me sens pas d'interrompre brutalement notre relation. Le moment venu, j'irai le voir et, avec calme et lucidité, je lui énumérerai, une à une, les raisons de mon mépris. C'est moi qui déciderai de rompre, pas l'inverse. Je n'avais pas la moindre envie de finir comme ma mère, abandonnée en chemin, telle une valise à la poignée cassée.

Avec l'explosion de l'été, toute la fatigue de cette année — ta maladie, ta mort, la rencontre avec mon père — m'est tombée dessus, me transformant en serpillière. La seule chose dont j'avais envie, c'était de rester seule, allongée quelque part, sans manger, sans rien dire, pour reprendre des forces comme une plante en hiver, ou comme une marmotte qui attend la fonte des neiges.

Depuis trois semaines désormais, j'avais suspendu mes visites à Grado.

Un jour, vers la fin de l'après-midi, le téléphone a sonné. C'était lui. D'une voix étrange (qu'était devenue son impassibilité railleuse ?) il me réclamait :

« Alors ? Tu ne viens plus ? »

Je me suis justifiée, presque sans m'en rendre compte :

« Je ne vais pas très bien. Dès que je me sentirai mieux, je viendrai. »

Pourquoi n'avais-je pas eu la présence d'esprit de lui dire : « Je viendrai quand j'en aurai envie », et surtout « si ça me convient » ?

Pour quelle raison devais-je me sentir en faute à l'égard de quelqu'un que je n'avais pas vu plus de dix fois, un homme que n'avait jamais effleuré, je ne dis pas un sentiment de culpabilité, mais l'ombre d'un remords, un séducteur qui s'était toujours comporté comme si chacun de ses gestes était sans conséquence ?

Je ne suis pas allée le voir, ni la semaine suivante ni celle d'après, même si je me sentais mieux, et je ne l'ai même pas averti. Le téléphone a sonné pendant trois jours, toujours à la même heure, en fin d'après-midi, sans que je songe à tendre le bras et à répondre. De toute évidence, il cherchait à me joindre, sans y parvenir. Son anxiété me procurait une satisfaction sourde.

Le quatrième jour, j'ai répondu.

« C'est toi ? » a-t-il lancé.

Dans sa voix, il y avait de l'hésitation, presque de la crainte ; on aurait dit la voix d'un vieillard. Peut-être avait-il bu, car son timbre vacillait, comme la flamme d'une bougie exposée à un courant d'air.

J'attendais qu'il me dise quelque chose, qu'il me demande comment j'allais, si j'étais guérie ; au lieu de quoi, après un profond soupir, il a dit :

« Il est impossible de rester ici, c'est devenu démentiel, plein de gosses qui pleurent, de télés qui hurlent, les escaliers sont envahis de femmes obèses armées de louches, les hommes bricolent avec des perceuses ; au lieu de tuer leur femme, ils utilisent la débroussailleuse pour tuer les nerfs des voisins. Tu sais ce qu'est devenu mon avant-poste ? Le prélude d'une modeste apocalypse. Tous les ans, c'est la même chose, ou plutôt ça empire. Heureusement, j'ai un ami qui, l'été, me prête son appartement à Busto Arsizio, c'est là que se transfère mon avant-poste, en été. Je suis sur le point de partir, je voulais te laisser mon adresse, au cas où...

— Quoi ?

— Au cas où tu aurais envie de passer. Il y a même le téléphone... Tu as de quoi écrire ?

— Oui, ai-je répondu, en griffonnant son numéro sur un vieux ticket de caisse.

— Mais souviens-toi de laisser sonner trois fois. Trois fois et tu raccroches. Sinon je ne réponds pas. Je ne suis joignable que pour très peu de personnes.

— Je le sais.

— Ecoute..., le ton de sa voix avait une fragilité quasi inquiétante. Je voulais te dire quelque chose...

— Oui ? »

Des hurlements féroces d'enfants l'avaient interrompu, brusquement dominés par une musique de rap à plein volume.

« Une autre fois... Je n'en peux plus, je fuis ! »

Sur ce verbe, celui qu'il préférait, il a raccroché.

A ce « je voulais te dire quelque chose », mon cœur s'était mis à battre très fort ; je m'attendais à une révélation, une acceptation, un souvenir, un repentir : quelque chose qui aurait fait passer notre histoire dans les rues banales de l'humain, qui m'aurait autorisée à ne plus l'appeler « Massimo », mais « papa ».

Peut-être avait-il juste voulu me dire qu'il partait, mais n'était-ce pas là le début d'une émotion : je te dis où je suis parce que j'ai besoin de toi, parce que j'attends que tu me joignes, parce que je n'arrive plus à vivre sans ta voix, sans ton regard ?

Après ce coup de fil, je suis descendue dans le jardin.

L'air était saturé d'ozone et de l'est arrivaient, rapides et menaçants, les nuages d'un gros orage, déjà déchirés, au loin, par des éclairs qui lançaient des lueurs livides, à l'horizon. Un vent sec — celui qui précède la tempête — secouait les chevelures clairsemées des pins noirs, faisant crépiter leurs branches, pour s'abattre ensuite sur les fruits dorés du prunier, qui tombaient sur le sol avec le bruit sourd des corps gorgés d'eau. Du côté opposé, le soleil disparaissait déjà, et peu à peu, tout était noyé dans l'obscurité.

La tempête se déchaînerait bientôt sur le haut plateau, mais dans mon esprit et dans mon cœur, elle avait déjà commencé; elle avait arraché les fils et l'électricité courait partout, tel un lutin fou de joie.

5

Quand un avion tombe, la première chose que l'on essaie de retrouver, c'est la boîte noire ; il en est de même, paraît-il, pour les trains. Dans ce petit boîtier, tout est enregistré, de la trajectoire aux diverses manœuvres et aux moindres facteurs qui ont contribué à le perturber : les hésitations et les déraillements, les trous noirs et les chocs. Chez l'homme, cette tâche est confiée à la mémoire. C'est le souvenir qui construit l'être humain, qui le situe dans l'histoire — son histoire personnelle et la grande histoire du monde qui nous entoure — et les paroles sont les traces que nous laissons derrière nous.

Les paroles sont comme les empreintes de pas que l'on trouve sur une plage, à l'aube. La nuit, entre les dunes, il y a eu une grande circulation de renards, de souris, de corbeaux, de goélands, de daims, de sangliers, de limicoles, de crabes et même de ces petits coléoptères noirs qui, comme des dames toujours en retard, glissent rapidement entre les grains de sable. Ils passent tous durant la nuit et laissent des traces. Certains se croisent et se flairent, intrigués, d'autres atterrissent puis prennent leur envol, les plus malchanceux sont dévorés, d'autres encore s'accouplent et se dégourdissent les jambes, tout simplement; les crabes, en s'abîmant, construisent des châteaux de sable, les traces des limicoles durent le temps d'une vague alors que les coléoptères laissent derrière eux, sur le sable humide, de longues lignes régulières, facilitant ainsi la découverte de leurs nids.

Et toi, de quel nid es-tu sorti, où vas-tu?

Mais peut-être qu'avant de nous demander où nous allons, nous devrions découvrir d'où nous venons.

Si le coléoptère ne sait pas à quelle espèce il appartient, comment peut-il se comporter judicieusement, décider s'il doit manger des excréments, du pollen ou des cadavres d'animaux?

Un animal sait de quoi il s'est nourri durant sa longue et somnolente enfance, c'est la saveur de cette nourriture qui le guide dans ses choix, de même qu'il est capable de reconnaître sa tanière et le motif qui le pousse à en sortir : tout cela est inscrit dans ses gènes.

En revanche, avec l'homme, les choses se compliquent.

Nous avons des fonctions physiques semblables à celles des animaux, mais pour tout le reste, nous sommes extrêmement différents de ceux-ci. Chacun de nous a une histoire qui lui est propre et qui plonge ses racines très loin, chez les grands-parents, les arrière-grands-parents, les trisaïeuls et encore au-delà, jusqu'à arriver aux premiers hommes, au moment où — au lieu de nous comporter comme les coléoptères — nous avons commencé à faire des choix.

Quels choix nos ancêtres ont-ils faits? De quels fardeaux nous ont-ils chargés? Et pourquoi de telles différences de poids? Pourquoi certains courent-ils avec la légèreté d'une plume, alors que d'autres n'arrivent pas à décoller ?

C'est avec ces pensées que je suis remontée au grenier. Le soleil d'été avait commencé à réchauffer l'air, et pour ne pas suffoquer, j'avais ouvert la lucarne des combles. Je me suis assise en tailleur devant la valise ouverte ; il ne restait pas grand-chose au fond, juste quelques lettres dans l'air poussiéreux, et un petit cahier d'aspect plus récent, abandonnés comme des confettis après le Carnaval : c'étaient les dernières traces, les minuscules traces laissées par le coléoptère avant de regagner son nid.

Où ces feuillets me conduiraient-ils ?

J'avais peur d'être déçue : peut-être ne s'agissait-il que d'un tas de lettres banales envoyées par les arrière-grands parents, de quelque station thermale... « *La cure est efficace... on mange bien... nous rentrons jeudi par le train de huit heures.* »

Je les ai emportées au rez-de-chaussée et les ai soigneusement alignées sur la table de la cuisine, mais désormais, il était tard : je ne me sentais pas de les ouvrir au seuil de la nuit, si bien que j'ai décidé d'attendre la lumière matinale.

Au lit, gênée par la musique d'une fête villageoise, je n'arrivais pas à m'endormir ; vers une heure, j'ai regardé le réveil, dans l'air résonnaient les notes de *Bandiera rossa* ; c'est seulement à trois heures du matin que sur le haut-plateau est descendu le silence, parfois entrecoupé par le grondement d'un poids-lourd. Je devinais au loin, même s'il était ténu, le tintement des haubans des voiliers amarrés dans le port : ils semblaient exécuter un petit concert, au souffle d'un léger *borino* [1] estival.

---

1. Diminutif de *bora*. (*N.d.T.*)

Quelle musique est-ce là ? me suis-je demandé en m'endormant : la symphonie du départ, ou celle du retour ?

Sur la couverture du cahier, un paysage hivernal : au premier plan, les empreintes d'un levraut dans la neige ; au milieu, des arbres aux branches abondamment enneigées ; au fond, à l'horizon, sous un ciel pur et lumineux, une chaîne de montagnes scintillantes de glace. C'était un simple cahier destiné aux exercices de latin ou aux comptes domestiques. Peut-être est-ce pour cela que je l'ai ouvert le cœur léger. Une légèreté qui s'est transformée en plomb dès que j'ai reconnu l'écriture de ma mère.

Il y avait plusieurs textes : certains brefs, d'autres très longs. J'en ai lu quelques-uns, feuilletant le cahier çà et là.

Je ne serai jamais une fleur

Je ne serai jamais une fleur
qui au printemps offre sa corolle au soleil
Je ne serai jamais une fleur
car mon esprit est plus semblable à l'herbe
un brin vert pareil à des milliers d'autres
de la même taille que les autres, qui penche la tête
au premier gel de l'hiver.

Brouillard

Le brouillard enveloppe tout : maisons et personnes,
même les bicyclettes sont silencieuses.

Le nôtre est-il un monde de fantômes
ou est-ce moi le fantôme ?
Mon cœur est enveloppé dans l'ouate
tel un cadeau précieux
sans destinataire.

Peur

Ce ne sont pas les monstres qui me font peur
ni les assassins.
Je ne crains pas la nuit,
ni les inondations ni les cataclysmes
ni les châtiments ni la mort
ni un amour qui n'existe pas.
J'ai seulement peur
de ta petite main
qui cherche la mienne,
de ton regard tendre
qui d'en bas me demande « pourquoi » ?

Ma vue s'est brouillée, j'ai senti quelque chose appuyer au milieu de mon sternum : on aurait dit une pique, un de ces petits pieux acérés qui servent à tuer les vampires. Une main le poussait avec force, pour déchirer ma cage thoracique.

Ç'aurait été beau

Ç'aurait été beau
si notre vie avait été heureuse
comme une chanson de Sanremo.
Toi et moi, main dans la main,

et, sur la fenêtre, un petit lilas.
Ç'aurait été beau
d'attendre ensemble le coucher de soleil
et de ne pas craindre la nuit.
Ç'aurait été beau
de guider les pas de nos enfants
d'une même main.
Mais l'ogre est venu dévorer
notre peu de temps
ne laissant sur le sol que des os et des épluchures,
restes de son banquet obscène.

Le pieu a avancé encore un peu, pénétrant dans le diaphragme; s'il avait légèrement dévié à gauche, il aurait perforé le péricarde.

Etait-ce là ma mère? Qu'était devenue la jeune fille inquiète et superficielle du journal intime, la femme égarée et désespérée de la lettre? Elle avait dû écrire ces poèmes peu de temps avant de mourir, mais de toute façon, on aurait dit les pensées d'une tout autre personne.

J'avais entendu dire que, lorsque la fin est proche, tout devient plus clair, cela se produit même si nous ignorions que nos jours sont comptés; soudain, un voile se déchire et nous voyons clairement ce qui, quelques instants plus tôt, était encore dans l'ombre.

Ma mère avait totalement adhéré à son époque, elle s'était laissé entraîner par le courant collectif sans soupçonner le gouffre qui la menaçait. Ayant grandi sans racines solides, elle avait été emportée par la violence des rapides; elle n'était pas un saule qui pouvait être bousculé par une crue sans être déraciné pour autant, mais un humble brin d'herbe, comme elle le disait dans son poème. La motte de terre sur laquelle elle était née avait dégringolé dans les flots, la livrant à une navigation solitaire. Peut-être, devant le fracas des cascades qui devaient la jeter dans l'inconnu, a-t-elle regretté les racines qu'elle n'avait jamais eues.

Au fond, ai-je pensé, la structure d'un homme n'est guère différente de celle d'un terrain karstique : en surface se succèdent les jours, les mois, les années d'un temps historique en perpétuelle mutation — c'est là que passent des voitures ou des carrosses, de simples randonneurs ou des armées en déroute — mais au-dessous, la vie demeure intacte, toujours égale à elle-même : il n'y a pas de variations de lumière ni de température dans ces cavernes obscures, pas de saisons ni de changements, les protées nagent joyeusement, que dehors il pleuve ou qu'il fasse beau, et les stalactites continuent à descendre vers les stalagmites, tels des amoureux séparés par une divinité perverse. Dans ce monde créé par l'eau, tout vit et se répète selon un ordre quasi immuable.

Ma mère avait donc vécu avec ferveur les années de la révolution, et pour adhérer à ce rêve, elle avait refoulé ses propres sentiments : à l'époque, l'approbation du groupe était la chose la plus importante.

Ils avançaient en rangs serrés, sur la proue d'un brise-glace imaginaire, rompant la croûte vulgaire de la surface, le regard fixé sur l'horizon lumineux de la justice universelle.

A force de naviguer, ils aborderaient enfin sur un monde nouveau, une terre où le mal n'aurait plus de raison d'être, et où la fraternité règnerait.

La grandeur de cette tâche n'autorisait ni atermoiements, ni hésitations, il fallait avancer unis, en faisant fi des individualismes, sans regrets, sur un même rythme, comme les fourmis africaines, capables de dévorer un éléphant en quelques instants.

A un certain moment, toutefois, elle avait dû prendre ses distances par rapport au groupe, d'une manière ou d'une autre. Pendant que plusieurs de ses camarades empoignaient littéralement les armes, ma mère avait choisi le chemin solitaire de l'introspection. Elle se noyait dans la fragilité, dans la confusion, et M. G. lui était apparu comme la première bouée à laquelle se raccrocher. Il la soutenait, lui permettant de flotter, et cela, pour elle, devait être plus que suffisant. Pendant quelque temps, les pelotes d'étoiles, le karma et les ailes rognées par le paternalisme et le capitalisme, lui avaient permis d'avancer.

Mais sous cette apparence, sous la dureté de l'écorce idéologique et l'aspiration confuse à une harmonie universelle abstraite, se cachait, en réalité, une jeune fille qui, dans la partie la plus secrète de son être, rêvait d'amour.

Dans les cavités profondes, le fleuve continuait à couler et c'était cette eau la vraie source de vie, capable de désaltérer, de nourrir, de féconder, de faire grandir et s'unir entre eux les êtres humains, dans tous les lieux terrestres. Car c'est le besoin d'aimer et d'être aimé, et non la révolution, qui constitue l'aspiration la plus profonde de chaque créature qui vient au monde.

6

De nombreux facteurs provoquent des maladies chez les arbres, plus nombreux que ceux qui affaiblissent les hommes.

Quand la maladie est trop avancée dans un arbre, il est difficile de le sauver : les racines pourrissent, le tronc se met à gonfler, la circulation de la sève s'interrompt et les feuilles, privées de lymphe, tombent.

Quand un homme tombe malade, on pense aussitôt à un virus ou à une bactérie, qui existe probablement, mais personne ne se demande d'où il vient, comment il a pu s'insinuer dans le corps, pourquoi aujourd'hui et pas il y a un mois, pourquoi chez cet homme et pas chez cet autre, plus exposé au risque de contagion. Pourquoi, malgré des soins identiques, l'un guérit-il, alors que l'autre succombe ?

Il suffit que la foudre effleure l'écorce d'un chêne solitaire pour amorcer sa destruction : dans cette fissure se glissent les bactéries, les champignons et les coléoptères qui, en peu de temps, se propageront, au détriment de la vie.

Les arbres fruitiers se fragilisent lorsqu'ils perdent leur verticalité : un pin peut grandir même s'il est plié par le vent, mais pas un abricotier : c'est la parfaite perpendicularité au sol qui lui permet de vivre et de donner des fruits.

Pour détruire un homme, pour le faire tomber malade, que faut-il ? Et pour qu'il guérisse ? Quel est le sens d'une maladie, au cours d'une vie ? Malédiction ? Malchance ? Ou peut-être une occasion soudaine, un précieux cadeau que le ciel nous envoie ?

La maladie ne serait-elle pas le moment où une lampe nous est remise, afin de nous éclairer ?

C'était l'image de la lampe qui me revenait sans cesse à l'esprit durant les longues semaines passées à l'hôpital : je me voyais comme un gnome de conte de fées, une lanterne à la main, essayant d'explorer un espace inconnu ; je ne savais pas où j'allais, j'errais craintivement entre les robustes racines d'arbres séculaires, dans le nid d'une taupe ou dans le labyrinthe d'une pyramide ; j'avançais avec prudence, à la fois effrayée et impatiente, mais en même temps impatiente : je sentais que tôt ou tard, je me retrouverais devant une porte inconnue, et plus je m'en approchais, plus je comprenais que je découvrirais un trésor ; derrière cette porte, tout comme celle ouverte par Aladin, étaient conservés des coffres remplis de perles, de pierres précieuses et de lingots d'or, à mon intention ; je ne savais pas qui les avait cachés là, ni pourquoi, mon seul désir était de les trouver, de les emporter à l'extérieur et de les voir resplendir à la lumière du soleil.

Ma mère était morte. Bouleversée par quelque chose que j'ignorais, elle avait décidé de lancer sa voiture contre un mur, mais avant de mettre son plan à exécution, elle avait tenu à m'écrire quelques lignes en signant, pour la première fois, *maman*. Accepter son rôle et mourir avait été, pour elle, une seule et même chose.

Mon père circulait, avec sa voiture déglinguée, entre les centres commerciaux d'un Busto Arsizio désert, sans autre réconfort que ses propres pensées, de plus en plus seul, de plus en plus désespéré, enfermé dans son intelligence comme dans une cage de Plexiglas.

Toi, tu étais morte depuis trop peu de temps : à l'image que j'avais de toi depuis que j'étais enfant se superposait trop souvent ton visage, dévasté par la colère et par la présence des extraterrestres.

Dans cette maison déserte, où ne résonnaient que mes pas, je commençais à manquer d'air.

Une nuit, je me suis réveillée en sursaut : c'était comme si quelqu'un m'écrasait la carotide, je me débattais, tel un plongeur resté trop longtemps en apnée. A partir de ce moment, ma respiration est devenue de plus en plus laborieuse ; le jour, je sentais mes poumons se ratatiner et crisser comme deux éponges sèches, il aurait suffi d'une pression minime pour les émietter.

Dehors, la chaleur devenait torride, et je cherchais une explication psychologique à mon malaise croissant : j'ai du mal à respirer parce que j'ai coupé le cordon ombilical, me répétais-je.

Mais en septembre, quand je me suis enfin aperçue que je nageais dans mes vêtements, j'ai décidé d'aller voir le médecin. Et du médecin, je suis directement passée à l'hôpital : un virus s'était logé dans les alvéoles de mes poumons et s'y était allégrement reproduit. Une pneumonie sans fièvre, sans toux, mais qui pouvait être mortelle.

Le séjour à l'hôpital n'a pas été une période de malheur : il y avait toujours quelqu'un pour s'occuper de moi et me distraire sans m'obliger à bouger du lit. Je me suis liée d'amitié avec deux dames qui partageaient la même chambre que moi : elles étaient stupéfaites que personne ne vienne me rendre visite.

Le jour où je suis sortie, nous avons échangé nos adresses et de fausses promesses de retrouvailles.

C'était la deuxième semaine d'octobre, je marchais dans les rues comme en rêve ; la violence des bruits et des mouvements m'étourdissait, j'avançais à petits pas hésitants.

Dans le jardin, notre rosier avait fleuri — une petite fleur figée, déjà prête à affronter le froid —, le pré commençait à jaunir et dans la gamelle de Buck, pleine d'eau de pluie, naviguaient les cadavres de quelques guêpes et d'un bourdon. Il avait suffi d'un mois d'absence et, dans la maison, l'odeur de renfermé et d'humidité avait tout envahi.

L'automne était devant moi ; autour, le vide. Je sentais déjà la *bora* tourbillonner au-delà des Carpates, je l'entendais descendre, m'envelopper de son sifflement et pénétrer jusqu'aux os de ma boîte crânienne.

L'idée de passer un autre hiver ici m'était insupportable. J'avais l'impression d'avoir vécu vingt ans en quelques mois, j'étais trop fatiguée pour aller de l'avant.

Bien sûr, j'aurais pu m'inventer quelque chose : trouver du travail, m'inscrire dans une université, faire l'expérience d'un amour, mais j'aurais tout fait d'une seule main, d'un seul œil, avec une moitié de cœur seulement.

Je savais, en effet, qu'il ne s'agissait pas de choix mais de fuites, d'esquives, de couvercles juste posés sur la casserole. Une partie de moi-même serait restée là à jouer la comédie, une autre aurait continué à se promener à travers le monde, parcourant les rues avec les pas à demi vides du Golem ; elle aurait plongé dans tous les gouffres, dans tous les lieux obscurs ; elle aurait attendu, humblement confiante, devant toutes les portes closes, tel un chien qui attend un maître encore inconnu.

Je voulais de la lumière, de la splendeur.

Je voulais découvrir si la vérité existe, si elle constitue le pivot autour duquel tout tourne comme dans un kaléidoscope, ou mourir.

Le matin où je suis allée prendre mon billet, j'ai assisté à un curieux phénomène : bien que la mer fût calme, des centaines de soles remontaient le canal en nageant à la surface comme des tapis volants, pour aller s'amasser sous l'église Saint-Antoine, sans possibilité d'aller plus loin.

Sur le pont, une petite foule de curieux observait, stupéfaite, cette forme insolite de suicide collectif : de quoi s'agissait-il ? Etait-ce un signe du ciel ? Un sous-marin atomique avait-il explosé ? Une puissance nucléaire était-elle en train de tester une nouvelle arme bactériologique ?

Quelques pêcheurs avaient commencé à remonter les soles sur les barques, à l'aide de seaux. « On pourra les manger ? » chuchotaient les gens. « Allez savoir ce qui se passe réellement, dans le monde ! »

Sous leurs yeux, les poissons, frétillant du ventre et de la queue, agonisaient et mouraient les uns après les autres, pendant que les goélands sillonnaient l'air, en poussant de hauts cris : d'innombrables silhouettes blanches passaient en flèche et se jetaient des toits, tête la première, ou survenaient de la mer en un vol rectiligne, comme des nuées de bombardiers. La surface de l'eau vibrait d'une énergie macabre : dès qu'un goéland s'élevait, avec sa proie dans le bec, les autres se jetaient sur lui pour la lui voler et le poursuivaient dans les airs, implacablement.

De bizarre, la scène était devenue inquiétante; les mamans ne s'attardaient plus sur le pont avec leurs enfants, et les petits groupes de retraités se séparaient en silence.

Entre-temps, la vie de la ville se poursuivait, avec sa routine habituelle : le long des berges, la file de voitures, comme toujours, attendait que le feu passe au vert; dans le port, un bateau de croisière tiré par un remorqueur accomplissait les manœuvres d'accostage habituelles; une musique assourdissante, provenant d'un magasin de vêtements pour jeunes, accompagnait le rituel paresseux d'un petit groupe de personnes qui flânaient devant les étals, à Ponterosso.

Le ciel envoyait des signes, mais personne ne savait les saisir, me disais-je en franchissant le seuil de la compagnie de navigation située au bord du canal.

Dans une semaine, je pourrais avoir une place pour partir, il n'y avait aucun problème, m'avait rassurée l'employée; à notre époque, qui est assez fou pour perdre cinq jours afin d'aller dans un lieu qui se trouve à deux heures d'avion?

J'ai réservé une cabine des plus économiques, en bas, donnant sur l'intérieur.

En rentrant à la maison, je me suis rendu compte que je marchais avec plus de légèreté : la décision de partir me faisait considérer les choses avec détachement, presque avec nostalgie. Au cours des derniers mois, je ne m'étais plus occupée du jardin, les massifs avaient été envahis par les mauvaises herbes, les arbustes s'entremêlaient de manière anarchique, les hortensias, avec leurs fleurs désormais sèches et brunies par la saison, évoquaient un rassemblement de vieilles institutrices coiffées de petits chapeaux, et une couche de feuilles mortes recouvrait presque entièrement le pré.

C'était ton obsession, les feuilles. Les feuilles et les mauvaises herbes. Combien de fois nous sommes-nous disputées à ce sujet ! Toi, tu pensais qu'elles étaient indésirables et qu'il fallait les éliminer, alors que moi, j'étais convaincue que toutes les deux étaient nécessaires. Tu me reprochais alors d'être paresseuse et, moi, je t'accusais de traiter les arbres et les plantes comme une bande d'ignorants.

« Si les feuilles tombent, te disais-je, il y a sûrement une raison, la nature n'est pas aussi stupide que les hommes, et celles que tu appelles " mauvaises herbes " ne savent pas qu'elles le sont ; c'est toi qui les juges et les condamnes, mais elles, elles se considèrent comme des fleurs et de l'herbe, aussi belles et importantes que les autres. »

« Tu ne vois pas l'âme du jardin ! t'ai-je crié un jour, exaspérée, tu ne vois l'âme de rien du tout ! »

Calmement, j'ai commencé à faire mes préparatifs de départ ; en premier lieu, je suis allée à la banque pour changer de l'argent, puis j'ai fait plusieurs lessives et placé de l'antimites dans les armoires ; pour éviter une invasion de larves, j'ai enfermé le riz, la farine et les pâtes dans des boîtes hermétiques. Pour la même raison, j'ai déplacé les meubles de la cuisine, craignant que des restes de nourriture, dans les interstices, permettent à des pelotons de chenilles noires de coloniser le sol et le plafond.

Les deux derniers jours, avec un soin méticuleux, j'ai rangé dans la valise les vêtements et les objets qui m'étaient nécessaires pour le voyage ; pour finir, j'ai posé par-dessus la vieille Bible sans couverture trouvée au grenier.

Mon père n'avait plus donné signe de vie, désormais la saison estivale était finie, et il avait dû rentrer à Grado Pineta. Je n'avais pas envie de l'appeler, je lui ai donc écrit un mot.

Cher papa me semblait sonner faux, si bien que j'ai froissé le premier feuillet ; sur le second, j'ai écrit simplement : *Je pars. Je vais sur la terre de tes ancêtres et des miens,* et j'ai ajouté au-dessous l'adresse du lieu où, selon toute probabilité, je logerais.

Le bateau est parti en fin de journée, après avoir englouti une file interminable de poids lourds albanais et grecs. Il n'y avait pas de restaurant à bord, seulement un self-service, la décoration était en plastique jaunâtre, et la lumière au néon donnait un teint mortuaire à tous les visages qu'elle éclairait.

A part les camionneurs, il y avait aussi deux autocars de retraités israéliens qui rentraient d'un voyage en Europe : j'avais vu des employés transporter les caisses avec leurs casseroles et leurs couverts, depuis le ventre du navire.

Je suis montée sur le pont pour regarder la ville qui s'éloignait.

Le remorqueur s'était placé sur le flanc du navire pour charger le pilote. La lumière du phare rebondissait régulièrement sur la surface de la mer, l'eau noire et calme ressemblait à une étendue d'encre, infinie et menaçante.

Au-dessus de nous brillaient les étoiles ; je me demandais si elles nous voient comme nous les voyons, si elles ont un cœur mystérieux, si — comme l'homme le pense depuis toujours — elles ont le pouvoir d'influencer nos actions. Allez savoir si, entre leurs lambeaux incandescents, vivent les morts, ceux qui ne vivent plus ici-bas, ceux qui ont déjà abandonné l'une des formes de leur corps.

Quand j'étais petite, avant d'aller au lit, j'insistais pour me mettre à la fenêtre et dire au revoir à maman qui, m'avait-on dit, était partie vivre là-haut ; certains soirs, quand le ciel était couvert, j'éclatais en sanglots. Je l'imaginais comme une fée vêtue d'une robe longue et légère, en chiffon, et coiffée d'un cône étincelant parsemé de petites étoiles, le visage serein, légèrement amusé et, en guise de jambes, rien d'autre qu'un sillage lumineux : c'était ainsi qu'elle pouvait me suivre, en voletant d'étoile en étoile.

Désormais, dans la caisse de zinc, il ne restait presque rien d'elle ; et toi aussi, là-dessous, tu étais en train de devenir poussière, comme je le deviendrais moi aussi, un jour.

Quel sens avaient donc nos vies, les rêves de ma mère pour moi, et les tiens, pour ta fille ? Notre destin consistait-il à poursuivre des ombres ou bien, derrière le vide, un sens se cachait-il ?

Pourquoi avez-vous — toi, ta mère et ton père — abandonné vos racines ? Par peur, par paresse, par commodité ? Ou peut-être pour être libres, modernes ?

Quand j'avais posé cette question à mon père, il m'avait répondu que le judaïsme n'était qu'un tas de coutumes anthropologiques et de liants sociaux et, pour corroborer sa thèse, il m'avait donné l'exemple de son père, extrêmement dévot tant qu'il avait travaillé avec son beau-père à Venise et qu'il avait fréquenté sa maison — puis prêt à danser la samba sans le moindre regret, dès qu'il avait enterré sa femme au Brésil.

En ce qui te concernait, tu m'avais dit, un jour, que nous étions sans religion. Nous n'étions plus ni d'un côté, ni de l'autre. Me voyant inquiète, tu avais ajouté :« Ce n'est pas grave, tu sais. Au contraire, c'est un atout. Au fond, la liberté est la seule richesse que possède l'homme. »

Est-ce pour cela que mon âme est semblable à celle d'un chien ? Est-ce pour cela que, depuis toujours, j'erre dans les rues, tenaillée par l'inquiétude féroce des sans maître ?

Racines

1

Au bout de six jours de navigation tranquille, nous sommes arrivés dans le port de Haïfa.

En regardant la ville se rapprocher, du pont du navire, j'ai eu l'impression qu'elle ressemblait étrangement à Trieste : derrière elle, au lieu du Carso dont ils semblaient présenter le même aspect pierreux, s'élevaient les contreforts du mont Carmel ; partout s'échelonnaient des immeubles de plusieurs étages : les plus récents étaient aussi les plus disgracieux ; du côté gauche, là où la colline cédait la place à la plaine, s'étendait une série d'usines d'où montaient des fumées épaisses, qui se mêlaient aux flammes d'une raffinerie.

Mais Haïfa n'a pas de front de mer comparable à celui de Trieste ; à la place des quais et de la piazza Unità se déploient des embarcadères pour les bateaux de marchandises, dominés par une série de grues jaunes aux longs bras en suspens. Au-dessous de celles-ci, des dizaines de conteneurs de toutes les couleurs gisaient, empilés les uns sur les autres.

Même si les hommes chargés de l'antiterrorisme étaient déjà montés à bord au port de Limassol, les opérations de débarquement ont été très longues.

En attendant de pouvoir descendre, je me suis arrêtée sur le pont pour fixer un curieux édifice qui se découpait au sommet de la colline, flanqué de jardins en terrasse qui descendaient vers la mer ; à cause de la coupole ronde et dorée qui le coiffait, on aurait dit une mosquée, mais sans minaret.

« Qu'est-ce que c'est ? ai-je demandé, en m'adressant à une femme d'Asholon, dont j'avais fait la connaissance en cours de traversée.

— Ça ? C'est le temple Baha'i », et elle avait souri comme pour dire : il ne manquait plus que ça. En effet, il abritait la tombe de Baha' Allah, un Persan qui, durant la seconde moitié du XIXe siècle, avait voulu faire scission par rapport à l'Islam et fonder son propre mouvement religieux syncrétique, inspiré par l'amour universel entre les hommes de toutes les religions et de toutes les ethnies.

En descendant à terre, je me suis rendu compte que le sac que je portais sur mes épaules était aussi lourd que le siècle finissant, que le moment était venu de m'arrêter et de regarder ce qu'il contenait, d'en sortir, une à une, toutes les pierres et de leur donner enfin un nom, de les cataloguer, puis de décider si cela valait la peine de les emporter avec moi, ou s'il valait mieux les abandonner.

Tout à coup, sur ce sol inconnu et pourtant si familier, j'ai compris que notre histoire est aussi celle des êtres qui nous ont précédés, des actions qu'ils ont choisi de faire ou de ne pas faire. Ce sont ces choix qui ont construit, comme le carbonate de calcium dans une grotte, la structure invisible de notre personne.

Un enfant qui vient de naître n'est pas un tableau blanc sur lequel on peut écrire n'importe quoi, mais une nappe sur laquelle quelqu'un a déjà tracé la trame d'une broderie : parcourra-t-il cette route déjà tracée par d'autres ou choisira-t-il un chemin différent ? Continuera-t-il à suivre le sillon habituel ou aura-t-il le courage d'en sortir en sautant à pieds joints ? Et pourquoi les uns brisent-ils leurs chaînes, alors que d'autres les renforcent avec une docilité aveugle ?

Et puis, cette vie n'est-elle vraiment qu'à nous, est-ce le seul espace de lumière qu'il nous est donné de traverser ? N'est-ce pas une cruauté excessive que de tout jouer sur une seule existence ? Comprendre, ne pas comprendre, se tromper, se heurter ? Un instant sépare la naissance de la mort, nous ouvrons la bouche pour dire « oh » devant tant d'horreur, un « oh » de stupeur et puis, tout est fini ? Nous devrions nous résigner à garder le silence, tendre le cou comme d'énièmes victimes sacrificielles ? Venir au monde, puis nous effondrer dans la mort tel un château de cartes qui, en silence, retombe sur lui-même ?

Qui décide des rôles, avant la représentation ? Lequel me sera attribué : celui de victime, ou celui de bourreau ? Ou tout n'est-il, au contraire, qu'une succession de clairs-obscurs ?

Tuer ou être tué : qui décide ? Peut-être celui qui se trouve dans le faisceau de lumière ; mais ceux qui sont dans l'ombre, que font-ils ? Et moi, sur quelle portion de la scène suis-je ? Tout se déroule-t-il vraiment comme sur une scène de théâtre : entrer, sortir, oublier sa réplique, se tromper ? Et que deviennent alors les râles des victimes, la sueur froide de leur agonie, le sommeil des bourreaux, leurs nuits de brutes, uniquement habitées par la physiologie ? Y a-t-il un lieu dans le ciel qui les contienne — un catalogue, des archives, une mémoire cosmique ? Et peut-être, outre un registre, une balance, quelqu'un qui pèse les existences : le plateau de droite, celui de gauche, la manière dont ils s'équilibrent — ici les actions, là le contrepoids du jugement ? L'épée de saint Michel flamboie-t-elle dans l'air comme la foudre, ou est-ce le sifflement du néant qui traverse l'espace ?

L'univers ne serait-il qu'une énorme panse uniquement habitée de trous noirs qui absorbent et triturent toute forme d'énergie ? Est-ce dans cet inlassable mouvement de mastication-absorption-excrétion, dans cette symphonie de sucs gastriques, que gît le sens du monde ?

Mais quand cesse la rumination, la vache meurt.

Et l'univers ?

Sommes-nous des protéines, des minéraux, des acides aminés, des liquides, des réactions enzymatiques, et rien d'autre ? Des larves blanchâtres qui se démènent, qui dévorent et sont dévorées ? Mais la larve aussi connaît la dignité de la transformation, de ses tissus mous peut naître la splendeur inattendue d'un papillon.

Et si la parole magique était justement « transformation » ? Si l'obscurité existait justement pour accueillir la lumière ?

2

De toutes les histoires, celle d'oncle Ottavio était la plus vague. Tu y avais fait allusion un soir, sur le canapé, en sortant d'une grosse boîte les photos de famille. J'avais quel âge ? Dix, douze ans, c'était déjà l'époque où l'absence d'un visage (celui de mon père) commençait à me tourmenter ; tu ne pouvais pas me le montrer parce que tu ne savais pas qui c'était mais peut-être essayais-tu, par ce moyen, de combler la faille qui était en train de s'ouvrir à l'intérieur de moi.

Je me souviens d'une succession d'images anonymes émergées d'une époque qui me semblait à peine postérieure à celle des dinosaures.

Sur toutes ces images, le sujet le plus photographié était la grande villa blanche qui t'avait vue grandir : elle servait de toile de fond à une réunion de famille, domestiques compris, posant durant un match de cricket, et à beaucoup d'autres clichés, comme celui où l'on voyait ton chien Argo, avec son regard intelligent, allongé devant l'entrée de la serre. Des images de la villa dans sa splendeur estivale, avec des pergolas couvertes de roses et des volets ouverts sur des balcons fleuris, et puis une photo de la même villa détruite lors d'un bombardement : un tas de décombres sous une fumée noire.

Sur plusieurs photos, il y avait toi enfant, un gros ruban dans les cheveux ; toi avec tes parents dans l'atelier d'un photographe, devant une pompeuse toile peinte ; puis ta mère, seule, en pose de chanteuse. Plusieurs photos étaient consacrées aux enfants — tous rigoureusement habillés en costume marin, tenant des cerceaux ou de minuscules violons, des bottines boutonnées jusqu'au dessus des chevilles ; pleine de bonne volonté, tu m'énumérais leur nom et leur degré de parenté avec nous, sans parvenir à susciter en moi le moindre intérêt. Que m'importaient tous ces personnages qui semblaient sortis d'un film d'époque, ou cette somptueuse villa disparue dans le néant, le jour où un quelconque Mike de l'Alabama avait décidé de presser le propulseur de son chasseur bombardier ?

Un jour, alors que nous passions en voiture près de l'endroit où elle se trouvait, tu m'avais montré un cèdre solitaire, perdu au milieu de douzaines d'immeubles sinistres, noircis par la fumée de la forge.

« Tu le vois ? Sur ses branches les plus basses, ma balançoire était suspendue. »

Ce conifère couvert de suie était l'unique survivant du grand parc qui protégeait votre villa.

Oncle Ottavio était le frère de ta mère ; tu me l'avais montré sur une photo, assis au piano à côté de sa sœur qui, debout, chantait une romance. Il était le seul (dans une famille où tout le monde, plus ou moins, jouait d'un instrument par plaisir) à avoir fait de la musique sa profession, en devenant un pianiste reconnu. Il voyageait en Europe pour y donner des concerts et, quand il restait à la maison, il passait la majeure partie de son temps à s'exercer.

Tu ne le supportais pas, m'avais-tu dit, mais peut-être étais-tu jalouse de son talent, avais-tu ajouté, vu que, toi, tu n'en avais aucun. Il s'était marié — plutôt tard pour l'époque — avec une harpiste de Gorizia et, à distance de quelques années, il avait eu deux enfants, une fille et un garçon.

L'aînée, Allegra, avait hérité des prédispositions de ses parents pour la musique et, après le conservatoire à Trieste, elle s'était installée aux Etats-Unis pour perfectionner ses études d'alto. Le plus jeune, Jonathas, était parti en Israël à la fin de la guerre.

« Pourquoi en Israël ? Il était tombé amoureux ? » t'avais-je demandé, avec mon désir anxieux de normalité.

Tu t'étais aussitôt raidie : « Amoureux ? » Puis, le regard lointain, tu avais ajouté : « Oui, peut-être... d'une certaine manière... De toute façon, c'est une longue histoire, et un peu triste aussi ; trop longue et trop triste pour une petite fille qui doit aller au lit. »

Mes protestations n'avaient servi à rien. J'aimais les histoires tristes : tous les soirs, je m'endormais en étreignant la Petite Sirène, en répétant entre mes draps les contes les plus désespérés, comme l'histoire du Vilain Petit Canard, qui me regardait de la table de nuit.

« Mais ça, ce n'est pas un conte », avais-tu dit pour couper court, et il n'y avait pas eu d'autre commentaire. C'est ainsi que mon oncle, sa femme, le piano, la harpe, l'alto, Allegra, Jonathas et son étrange destinée avaient tous été engloutis dans le puits noir du non-temps.

J'avais emporté avec moi, pour ce voyage, trois lettres trouvées au grenier ; deux venaient des Etats-Unis : la première était d'Allegra et la deuxième, signée Sara, une de ses filles, en annonçait la mort. La troisième lettre était arrivée d'Israël : en quelques lignes laconiques, le cousin Jonathas se réjouissait avec toi de la naissance d'Ilaria ; il disait s'être définitivement établi au nord de la Galilée, et s'être marié. Il t'envoyait son adresse complète, au cas où tu aurais voulu, un jour, aller lui rendre visite.

C'était justement là, à cette adresse, que j'avais décidé de me rendre une fois débarquée dans le port de Haïfa ; comme il était le fils du plus jeune des frères de ta mère et que, en calculant, il devait avoir la soixantaine, il y avait de grandes chances qu'il fût encore vivant ; à part mon père et la ribambelle de cousins mulâtres que j'avais, très probablement, sur les plages de Rio, oncle Jonathas était le dernier parent qui me restait, dans cette partie de l'hémisphère.

La station du bus qui me conduirait à destination se trouvait à proximité. J'ai attendu moins d'une heure avant de monter dans le véhicule ; l'air conditionné et la musique fonctionnaient à plein volume, la plupart des places étaient occupées par des jeunes hommes et des jeunes filles en tenue militaire ; certains portaient, avec désinvolture, une mitrailleuse en bandoulière.

Le bus a quitté Haïfa du côté opposé du Carmel, en traversant la zone industrielle dominée par de grands viaducs. Derrière la vitre défilaient, l'un après l'autre, des hangars, des usines, des supermarchés et des concessionnaires automobiles. La circulation était plutôt chaotique et les chauffeurs faisaient des gestes menaçants par les vitres baissées, tout en klaxonnant abondamment. Chose étrange, je ne me sentais pas nerveuse, mais plutôt en attente : bientôt, j'arriverais au kibboutz indiqué dans la lettre. J'ignorais si je trouverais mon oncle : peut-être était-il mort depuis longtemps ou avait-il changé d'adresse, peut-être ne restait-il là-bas que quelques cousins, mais cela pouvait même être pire : peut-être n'y avait-il plus personne.

Aucune de ces hypothèses n'arrivait à m'inquiéter, car j'étais sûre d'une chose : ce voyage n'était pas une fuite (comme l'avait été celui en Amérique), mais un rendez-vous, une manière d'affronter quelque chose que je ne connaissais pas, mais qui me concernait au plus profond de moi-même.

Je suis descendue — unique passager — au bord de la route, au milieu des champs. Devant moi, un portail renforcé par des barbelés protégeait une construction qui tenait de la guérite et de la loge de concierge.

Je me suis approchée du jeune homme armé qui montait la garde, je lui ai donné mon nom et celui de la personne que je recherchais et, ensemble, nous sommes entrés dans le camp. Dans le bus, j'avais essayé d'imaginer l'aspect du kibboutz : à travers le souvenir des récits que j'avais entendus de la bouche d'un de tes amis, je gardais l'image d'un ensemble spartiate de baraques rassemblées sur un terrain aride.

En avançant derrière le soldat, en revanche, j'ai pensé que plus qu'à un village de colons, il ressemblait à un campus parsemé de maisonnettes en rez-de-chaussée, chacune dotée d'une pelouse et d'un petit jardin. Il y avait même une piscine et un court de tennis. Au centre se dressait un bâtiment plus grand et plus haut que les autres qui, m'expliqua mon accompagnateur, était le *dining room*.

La seule note vraiment différente d'un campus était la présence, au loin, de grands silos, et une forte odeur de fumier.

Presque chaque mur hébergeait une bougainvillée ; il y en avait de toutes les couleurs : fuchsia, lilas, blancs. Elles grimpaient avec générosité, presque avec arrogance, accueillant entre leurs branches d'innombrables passereaux.

Le jeune homme m'a fait signe d'attendre. J'ai déposé mon sac à dos et me suis assise sur un banc en regardant autour de moi, dubitative. Je n'étais pas bien sûre qu'il eût compris qui je cherchais, peut-être ne m'étais-je pas bien expliquée ; mais au bout d'un quart d'heure d'attente, quand j'ai vu se détacher d'un petit groupe un homme pas très grand à la barbe blanche, j'ai reconnu sans l'ombre d'un doute (grâce aux lois mystérieuses de la génétique) oncle Jonathas.

Même s'il n'a pas caché une certaine surprise, mon oncle ne s'est pas montré particulièrement troublé par ma présence. Il ne parlait plus l'italien depuis de nombreuses années et s'est donc adressé à moi dans le dialecte un peu suranné que parfois, durant ta maladie, tu utilisais toi aussi.

Il a voulu que nous allions dans son habitation — une maison en préfabriqué, basse, donnant sur un petit jardin fleuri — pour prendre un thé. En dépit de son âge, mon oncle conservait un physique robuste, sec, et s'exprimait de manière très directe.

Je lui ai parlé de toi, je lui ai dit que tu étais morte depuis un peu plus d'un an, de ma mère qui s'en était allée quand j'avais quatre ans (passant sous silence le fait qu'il s'était agi d'une mort volontaire) et enfin de mon père, un professeur de philosophie qui vivait à Grado et qui ne s'était jamais beaucoup occupé de moi.

Oncle Jonathas avait perdu sa femme depuis peu, elle s'était éteinte en deux mois à la suite de ce qui est devenu, de nos jours, la plus commune des maladies ; de leur mariage étaient nés deux enfants. L'aîné, Arik, vivait à Arad et était ingénieur ; la fille travaillait comme psychiatre à l'hôpital de Be'er Sheva.

Il avait déjà eu la joie de devenir grand-père de deux jumelles, filles d'Arik, qui avaient maintenant sept ans ; toutes les deux jouaient du violon depuis leur plus jeune âge, et grâce à la méthode d'un Japonais, M. Suzuki, elles semblaient avoir brillamment hérité du talent de leurs arrière-grands-parents ; il était récemment allé à Arad où il avait assisté, avec émotion, à une démonstration.

Chose étrange, m'avait-il dit, en s'éloignant de l'Italie, la musique qui avait nourri son enfance avait disparu d'un coup ; il n'écoutait plus de disques et n'assistait plus à aucun concert.

La seule musique qui avait accompagné sa vie en Israël avait été celle des tracteurs ; en effet, depuis qu'il s'était installé ici, la terre avait été son unique préoccupation ; c'était lui qui avait planté ces longues rangées de pamplemoussiers qui s'étendaient jusqu'aux contreforts des collines ; il en était de même pour les plantations d'avocatiers.

Avant leur arrivée, alentour, il n'y avait que des pierres et des mauvaises herbes ; les premières années, ils avaient défriché et pioché, puis étaient arrivés les tracteurs et, compte tenu de sa passion pour la mécanique, il avait suivi des cours pour apprendre à les réparer.

Ils voulaient être autonomes en tout, c'était cela la philosophie qui les avait poussés, année après année, à construire tout ce qui les entourait.

Les jeunes se moquaient bien de ces choix passés; eux, ils voulaient tout, et tout de suite, ils ne savaient pas attendre, ils n'étaient pas capables — ou peut-être n'avaient-ils pas assez de force d'âme — de se sacrifier pour l'avenir de la communauté.

— C'est pour ça que je suis amer, tout comme les gens de mon âge, s'était confié mon oncle. A qui la faute ? A nous ou à l'époque que nous vivons ? Je ne devrais pas être aussi blessé : depuis que le monde existe, les jeunes tendent à détruire tout ce que leurs parents ont construit, et la vie avance quand même... Bah... Ce sont peut-être les tristes ruminations d'un vieux.

Il m'avait installée dans ce qu'il appelait la « chambre des invités » : une pièce minuscule aux murs en aggloméré, où il y avait tout juste la place pour une chaise et pour un lit pliant; une unique fenêtre encadrait les frondaisons odorantes d'un eucalyptus.

Je n'avais jamais entendu chanter les huppes et les tourterelles avec autant de vivacité. C'était comme si le soleil, qui était plus intense dans ce lieu, rendait tout plus vigoureux : les fleurs étaient plus grandes et plus colorées, les oiseaux chantaient avec des timbres plus intenses. En était-il de même pour les sentiments — les haines, les amours, la force violente de la mémoire ?

C'est sur cette question que je me suis endormie.

Quand j'ai entendu frapper à ma porte, je croyais qu'il faisait encore nuit noire : mon oncle voulait que nous prenions ensemble le petit déjeuner, il était presque cinq heures du matin et le soleil était déjà haut, il fallait aller dans les champs avant qu'il ne fasse trop chaud : ainsi s'était-il justifié, devant ma mine ahurie.

La grande salle à manger était déjà pleine de monde, les voix se mêlaient en résonnant, comme dans les repas de noce.

Ce premier matin, je me suis promenée à travers le kibboutz ; nous ne nous sommes revus qu'à l'heure du déjeuner.

« Regarde tous ces cheveux blonds et tous ces yeux bleus ! a dit mon oncle, avec un éclair de satisfaction dans les yeux, en passant devant l'école maternelle pleine d'enfants qui jouaient. Hitler en serait vert de rage. »

A la maison, le vieil et bruyant appareil à air conditionné fonctionnait déjà ; en m'asseyant sur le vieux canapé du salon, je n'ai pas pu ne pas remarquer une vieille gravure de Trieste, accrochée sur le mur d'en face.

Elle représentait une vue des quais ; devant le palazzo Carciotti, des dames avec de petites ombrelles, des gentilshommes portant canne et haut-de-forme, des nourrices avec des poussettes se promenaient sur le quai San Carlo (aujourd'hui Audace), pendant qu'une longue file de bateaux, sur le canal, déchargeaient des caisses de toutes tailles.

— Qu'est-ce qu'ils déchargeaient ? ai-je demandé à mon oncle, en regardant de près la gravure.

— Bah... surtout du café, je crois, mais aussi des épices et des étoffes. Tu sais pourquoi je ne l'ai jamais enlevée de là ? Parce qu'elle me rappelle une époque qui n'existe plus depuis longtemps, une époque où l'on pouvait passer des heures à discuter avec passion d'une foule de choses... D'une représentation de *Carmen* de Bizet, par exemple — laquelle était meilleure, celle qu'on venait d'entendre, ou celle de l'année précédente ? — ou s'échauffer au sujet de son poète préféré, au point de se quereller. Ma femme n'aimait pas cette gravure, elle soutenait que le passé est le passé et que nous ne devons pas le laisser se coller à nous, mais à moi, elle me donnait une sorte de... je ne dis pas de paix, mais de soulagement. Cela me réconfortait de savoir qu'il avait existé une époque, celle de mon père, où l'on pouvait parler d'art comme si c'était la chose la plus importante qui soit, où l'horreur était encore confinée aux arrière-postes : non qu'elle n'existât pas (elle existe depuis toujours, dans le cœur de l'homme) mais on n'en parlait pas, on ne la voyait pas, on pouvait encore vivre comme si elle n'existait pas, elle restait confinée dans les espaces officiels de la guerre.

« Vois-tu, avait-il poursuivi, mes parents étaient convaincus — peut-être parce qu'ils étaient artistes, et que les temps étaient différents — que c'était justement la beauté, la lumière qui illuminent le cœur de l'homme.

« La musique peut ouvrir n'importe quelle porte, me répétait mon père ; ma mère, elle, m'emmenait au jardin pour écouter les différents bruissements des feuilles.

« Bien sûr, c'étaient des idéalistes. S'ils avaient un peu plus vécu dans la réalité, peut-être auraient-ils pu éviter une partie de la tragédie, mais ils étaient ainsi faits : ils ne voyaient toujours que le beau côté des choses, ils étaient convaincus que la beauté et la probité morale devaient aller de pair. Les souvenirs que j'ai des années passées avec eux, dans la villa, sont comme baignés dans une lumière dorée, il n'y avait pas d'ombres entre eux, ni dans leur relation avec nous. Pour l'époque, je crois que c'étaient des parents plutôt anticonformistes ; ils jouaient avec nous, les enfants, mais ne mettaient jamais notre éducation au second plan. Ils nous imposaient peu de principes, mais là-dessus, ils étaient inflexibles. A table, on discutait de tout, aucune question n'était éludée.

« Je me souviens qu'une fois — je devais avoir six ou sept ans, l'âge où l'on commence à s'interroger — de but en blanc, au cours d'un repas, j'ai demandé :

« — Mais enfin, qui est-ce qui a fait le monde ?

« — C'est Dieu qui l'a créé, a répondu mon père.

« — Et après l'avoir créé, a ajouté ma mère, il a aussi inventé la musique, pour que l'homme puisse le comprendre.

« A la différence de la plupart des mariages de l'époque — et de ceux d'aujourd'hui — leur union ne se limitait pas à une attirance physique, à un engouement dû à des facteurs passagers. Ils s'aimaient vraiment ; je ne les ai jamais vus se lancer des réflexions acides ou se faire la tête ; il leur arrivait de discuter avec beaucoup d'animation, mais il n'y avait jamais, entre eux, cette malveillance qui affleure quand on est lassé ou que l'on se sent déçu.

« Je suis convaincu que leur relation à l'harmonie, à la musique, y était pour beaucoup ; ils parvenaient à résoudre n'importe quel conflit dans le territoire de la beauté.

« Leur naïveté a consisté à croire que ce qui avait de la valeur pour eux pouvait en avoir aussi pour les autres, que tous les êtres humains avaient en commun un élan intérieur capable d'illuminer toute chose.

« Tu ne peux pas savoir combien j'ai ruminé ces idées pendant des années, combien de fois j'ai démonté et remonté chaque heure, chaque minute, chaque seconde de notre vie commune : c'était comme si j'avais entre les mains le moteur d'un tracteur dont je n'arrivais pas à identifier la panne.

« En fait, ma vie n'a été qu'une moitié de vie. Où es-tu ? me reprochait toujours ma femme. Tu es avec moi ou tu es en train de voyager dans la machine du temps ?

« Non, je ne crois pas avoir été un bon mari ni un bon père.

« J'ai tout été à moitié.

« Par ailleurs, je me dis souvent que, lorsqu'une vie a été brisée, on ne peut plus reconstruire, on peut juste faire semblant, recoller les fragments, mais il restera toujours la trace de la réparation.

« Brisé : cela veut dire qu'à l'intérieur de moi, il y a deux, trois ou quatre parties qui ne peuvent plus se reconstituer et que, pour vivre, tu dois essayer d'ajuster les morceaux sans faire entendre les grincements que tu produis à l'intérieur, les craquements annonciateurs de l'effondrement.

« Perpétuellement enveloppés dans l'harmonie de leur musique, mes parents s'étaient laissés aller à croire — quelle conviction atroce ! — que la bonté existait naturellement dans le cœur de l'homme, et que, en vertu de ce caractère inné, même le criminel le plus endurci pouvait héberger la bonté ; il suffisait simplement de réveiller avec un sourire, une chanson ou une fleur, le bien, à l'intérieur de lui.

« Ils n'étaient pas religieux, tout au moins dans le sens traditionnel. Mon père s'était converti : je ne crois pas qu'il ait été foudroyé sur le chemin de Damas, mais plutôt sur le chemin du sens pratique ; ils étaient agnostiques depuis longtemps et donc, pour eux, passer d'un côté ou de l'autre n'a pas été un bouleversement.

« En revanche, la famille de ma mère appartenait encore par le nom — mais pas par la pratique — à la tradition ; elle ne se rendait à la synagogue qu'à l'occasion des mariages et des circoncisions.

« Je pense que ma mère considérait comme du folklore l'ensemble des coutumes qui lui avaient été imposées, mais elle n'était pas athée ni même agnostique, au contraire, elle croyait en un être suprême, elle lisait avec passion des livres sur la spiritualité et était très intéressée par la transmigration des âmes — bref, par la réincarnation — selon les idées d'une femme de la noblesse russe, une certaine Blavatsky, ou quelque chose comme ça.

« Je me souviens qu'une fois, dans le jardin, elle a soulevé sur une feuille un ver velu et lui a demandé : “ Demain tu seras un papillon, mais autrefois, qui étais-tu ? ”

« J'étais très inquiet à l'idée qu'il pouvait y avoir une réalité cachée derrière les choses ; bref, qu'elles n'étaient pas ce qu'elles semblaient être. Je n'ai pas été à la hauteur de mes parents, je n'ai jamais eu de grands rêves, j'ai fini par m'intéresser aux moteurs, et pas à la métaphysique. Heureusement qu'ils sont morts, me suis-je surpris à penser plus d'une fois, peut-être auraient-ils eu honte d'un fils aussi banal ; après, c'est moi qui ai eu honte d'avoir pensé cela.

« Maintenant que je suis seul à la maison — c'était différent quand il y avait ma femme et mes enfants — que je sais que je n'ai plus beaucoup de temps devant moi, il m'arrive souvent de rester éveillé la nuit : j'écoute le bruit de la circulation qui se fait moins dense d'heure en heure, j'entends les chacals : que sont leurs glapissements, sinon des questions à la lune, aux étoiles, au ciel ?

« En suivant leurs cris, je vois aussi monter de la fumée du sol : dans ce nuage noir et épais, il y a ma mère, son essence mêlée à des milliers d'autres — ses rêves, ses talents, son regard ; c'est toute la cendre qui s'est déposée sur la Vistule, sur les arbres, les champs qui entourent Birkenau — le potassium de ces corps a fertilisé des régions entières, donnant vie à de grands perce-neige, à des choux gigantesques, à des pommes grosses comme des globes terrestres.

« Mais ma mère est-elle vraiment ensevelie là, dans ce triomphe de la chimie, ou n'y a-t-il que ses cheveux et ses os ? Son âme, comme elle le croyait, a-t-elle vraiment changé de corps, comme on change de chambre d'hôtel, durant un voyage ? Peut-être s'est-elle réincarnée en Afrique ou dans un village perdu de la cordillère des Andes...

« La nuit, mes pensées deviennent énormes, mais dans cette immensité, je ne pense jamais au paradis, à un lieu où l'on pourrait vivre sans culpabilité, suspendu dans une légèreté qui n'a rien d'humain : cela signifierait que quelqu'un prend soin de nous, et cela, je ne le crois pas, non. Personne ne se soucie du destin des hommes, et encore moins du nôtre en particulier.

« Dans ma vie, j'ai essayé de me comporter le mieux possible, d'être honnête, de travailler, de fonder une famille, de l'aimer autant que j'en étais capable, et cela a été tout, c'est la seule chose que je puisse mettre dans la balance. C'est probablement une limite, mais comme toute limite, ce n'est pas moi qui l'ai décidée.

« Je suis venu ici après la guerre, pour fuir les souvenirs. Plus rien de beau ne me liait à l'Europe, je voulais comprendre qui j'étais, me reconstruire une sorte d'identité et, lentement, j'ai même réussi à le faire.

« Je n'ai pas de regrets, je ne reviendrais en arrière pour rien au monde, mais je n'ai été foudroyé par rien. Je reste un sceptique. Un sceptique de bonne volonté, mais toujours un sceptique.

« Tu vois, avait poursuivi mon oncle en me montrant une sorte de petit rectangle fixé sur la porte, ça, c'est mon fils qui l'a mis là : c'est une *mezuzah* [1]. Arik a toujours été un garçon très pieux, même si nous ne l'avons jamais incité à cela ; à la maison, nous nous sommes contentés de respecter les traditions de manière rigoureuse, mais sans plus. Nous ne l'avons pas découragé non plus, évidemment, mais il nous arrivait de temps en temps, à sa mère et à moi-même, de le considérer comme un inconnu : d'où peut-il bien sortir ?

« Nous étions incapables de répondre à cette question.

« Parfois, il m'est arrivé de penser que l'âme de sa grand-mère avait vraiment transmigré en lui,

1. Rouleau de parchemin contenant dans un étui la prière « Ecoute, Israël... » il se place au-dessus des portes des maisons privées. (*N.d.T.*)

que toute cette dévotion n'était qu'une manière de faire expier à ma mère sa passion pour la Blavatsky et pour toutes ses lectures spirites farfelues.

« Ma femme disait que naître, c'est être jeté d'un immeuble très haut : quoi qu'il en soit, notre destin est de dégringoler, et donc, il faut bien se raccrocher à quelque chose : il y a ceux qui s'agrippent à un appui de fenêtre et ceux qui atterrissent sur un balcon, ceux qui saisissent un volet et ceux qui, au dernier moment, parviennent à s'accrocher à une gouttière. Si tu veux vivre, tu dois trouver un point d'appui, peu importe à quoi tu te raccroches. Mais pour ma femme, c'était différent : elle venait d'une famille pratiquante et n'était jamais d'accord avec son père, un homme plutôt rigide ; au fond, on désire toujours ce que l'on n'a pas chez soi ; c'est peut-être aussi pour cela qu'elle n'arrivait pas à cacher son irritation à l'égard de son fils, qui voulait faire rentrer par la fenêtre les usages qu'elle avait réussi à jeter dehors, par la porte.

« Moi, au contraire, j'ai toujours été convaincu de l'honnêteté et de la profondeur des sentiments d'Arik. Je me souviens d'un épisode qui remonte à ses treize ou quatorze ans : c'était un samedi, et en rentrant à la maison, il avait surpris sa mère au téléphone : elle parlait avec sa sœur, qui habitait Tel-Aviv. Il avait éclaté en sanglots, désespéré, en criant : Pourquoi ne vivez-vous pas avec sainteté ?

« Tu vois ? Les choses concernant les hommes sont toujours extraordinairement complexes. C'est pourquoi je te dis ceci : le problème le plus important est l'honnêteté, en partant de là, on peut arriver n'importe où. »

Bien qu'il fût à peine six heures du soir, la nuit était déjà tombée, et avec l'obscurité, une brise légère s'était levée, soufflant des collines vers la mer ; dehors, près de la fenêtre, la bougainvillée bougeait avec un bruissement de papier de soie, des étables voisines parvenait le mugissement d'un petit veau, un appel désespéré, sans réponse : peut-être cherchait-il sa mère déjà conduite à l'abattoir. Mon oncle s'est versé un verre d'eau et l'a bu d'un trait ; il faisait très chaud, l'air conditionné s'était désormais éteint. Il devait y avoir longtemps que mon oncle n'avait pas parlé autant ; avec un soupir, il s'est laissé tomber sur le dossier du canapé en me fixant : « Et toi, tu crois en quelque chose ? »

3

Le poids de la nuit est le poids des questions sans réponse. La nuit appartient aux malades, aux inquiets, il n'y a pas moyen de se libérer de sa tyrannie. On peut allumer la lumière, ouvrir un livre, chercher, à la radio, une voix réconfortante, mais la nuit reste là aux aguets : nous venons de l'obscurité, nous retournons dans l'obscurité, et obscur était l'espace, avant que l'univers prenne forme.

C'est peut-être pour cela que les villes sont de plus en plus lumineuses et pleines de distractions : à n'importe quelle heure de la nuit, si l'on veut, on peut manger, acheter quelque chose, s'amuser. Silence et obscurité sont relégués dans ces quelques heures où l'on tombe de fatigue et où l'on doit tâcher de reprendre des forces pour continuer, mais ce n'est pas un sommeil traversé par l'éclat des questions, c'est un évanouissement, l'espace de temps restreint durant lequel le corps est obligé de céder à un besoin physiologique, pour se réveiller ensuite devant un écran lumineux dont nous sommes les seuls à actionner la télécommande.

Tu crois en quelque chose ? m'avait demandé mon oncle. Dans le silence de la nuit, je me tournais et me retournais dans mon lit, sans arriver à trouver la paix. Je savais que le sommeil ne viendrait pas, mais j'espérais au moins, en vain, une sorte d'assoupissement. Cette question flottait dans l'air, en entraînant beaucoup d'autres avec elle, et en premier lieu sa sœur jumelle : pourquoi vis-tu ?

Tu crois en quelque chose ? Pourquoi vis-tu ? A chaque enfant qui naît, on devrait remettre un parchemin avec ces deux questions qui attendent une réponse. Puis, avec ce même feuillet, rempli avec toutes les actions accomplies durant notre vie, il faudrait se présenter devant la mort.

Si l'on gomme la nuit et le silence, en effet, il ne reste plus de place pour les questions — et là est la fonction du parchemin : pour que chaque enfant qui naît ne croie pas qu'il est seulement un objet parmi d'autres, peut-être le plus parfait ; pour qu'il sache (si, durant sa vie, il lui arrive de passer une nuit d'insomnie) que ce n'est pas une maladie qui le tient éveillé, mais seulement sa nature, car c'est le propre de l'homme, et de l'homme uniquement, de s'interroger.

Tu crois en quelque chose ?

On peut croire à beaucoup de choses, par exemple à la première qui nous est proposée : quand le petit enfant mange sa bouillie, il est convaincu que c'est la meilleure du monde, puisqu'il n'en a jamais goûté d'autre ; si un œuf s'entrouvre devant un chat, le poussin cherchera sa nourriture auprès de celui-ci, puisqu'il pensera être son fils.

On peut accepter de manger la même bouillie toute sa vie, ou bien, à un certain moment, la refuser, en détournant le visage comme le fait un enfant, lorsqu'il est rassasié.

Mais on peut aussi se rendre compte que personne ne nous tend de la nourriture, et l'on reste affamé et assoiffé, en proie à une nervosité incontrôlable. Le seul moyen de se calmer est alors de bouger, de se promener et de poser — de se poser — des questions, en cherchant un visage capable d'y répondre.

Tu crois en quelque chose?

Je crois à la douleur, qui est la maîtresse de ma vie : c'est elle qui me possède depuis que j'ai ouvert les yeux, qui traverse mon esprit et mon corps, qui électrise, dévaste, déforme; c'est elle qui, dès le premier instant, m'a rendue inapte à la vie, c'est la douleur qui a mis une horlogerie dans mon cœur, amorçant une probable explosion.

Il y a de la douleur, pas de la joie, dans mes premiers souvenirs : de l'anxiété, de la peur, pas la certitude sereine d'appartenir à quelqu'un. Pendant que je marchais à quatre pattes à la recherche de ma mère, parmi des corps étourdis par les excès, pendant que je la regardais dormir aux côtés d'un compagnon sans cesse différent, quel sentiment aurais-je pu éprouver, sinon du désarroi? A cette époque, déjà, je sentais que j'étais la fille, non pas de l'amour, mais du hasard, et ce sentiment, au lieu de m'inciter à la rancœur, faisait naître en moi un étrange désir de protection envers ma mère; je lisais toujours un voile de tristesse sous sa gaieté forcée, je sentais qu'elle allait à la dérive, et j'aurais donné ma vie pour éviter cela.

D'où vient mon âme? S'est-elle formée en même temps que moi ou a-t-elle jailli du mystère du temps hors du temps? Peut-être est-elle descendue sur terre, contrevenant aux lois de la nature, pour pouvoir secourir un corps qui l'a attirée à lui sans réfléchir, la condamnant à vivre dans la souffrance de la non-acceptation, de l'inquiétude d'être sans lieu, du « peu importe pour quoi, pour qui je suis ici, comme disait mon père, de toute façon, tout se reproduit inexorablement, des moisissures aux éléphants » ?

Etais-je donc fille de l'inexorabilité ?

Les nuits de *bora*, à Trieste, souvent, une petite foule de manifestants se rassemble devant le palais de justice pour protester contre certains abus, jusqu'à l'aube, lançant des invectives avec une colère toujours croissante.

Est-ce le hasard qui est retranché à l'intérieur du palais de justice, protégé par des barreaux et des gardiens ? Est-il caché parce qu'il a peur ? Est-ce au hasard qu'il faut poser les questions ? Et de quoi devrait-il avoir peur, sinon des questions des hommes, des décisions inéluctables qu'il a jetées sur la scène du monde, sans même un début d'explication ?

Tout en continuant à penser au hasard, j'ai décidé de me lever : il faisait encore nuit, le réveil indiquait trois heures, dans quelques maisonnettes, la lumière était déjà allumée. La nuit, le hasard devait affronter une grande foule de questionneurs : chaque lampe allumée, une inquiétude, une fracture, un pont suspendu ; chaque lumière, une mémoire inquiète, ai-je pensé, en me promenant le long des rangées d'arbres, dans la plantation d'agrumes.

Arrivée au bout du camp, je me suis assise sur une pierre ; la brise nocturne avait cessé, les bruits, les odeurs, tout était immobile. Je me sentais comme dans un théâtre avant le début du concert, l'orchestre était déjà installé, le chef immobile sur l'estrade, mais son bras ne bougeait pas encore : regards, esprits, cœurs et muscles, tout le monde attendait de pouvoir exploser, à l'unisson.

Il faisait encore nuit quand, du village arabe sur les versants de la colline, le chant d'un coq s'est élevé; peu après, une clarté a teinté la voûte sombre du ciel.

En rentrant au camp, j'ai entendu un chant modulé sortir d'une des maisonnettes : dans la solitude de l'aube, quelqu'un était en train de prier. Est-ce un remerciement ou une supplication ? me suis-je demandé en regagnant mon lit. Et les questions ne s'élevaient-elles pas toutes de la même manière, dans la nuit ? Et si les questions n'étaient autre que l'unique forme de prière qui nous soit accordée ?

La semaine suivante, j'ai commencé à travailler dans le kibboutz : je donnais un coup de main là où on en avait besoin. Pour les champs, c'était une période plutôt fatigante : je restais donc la plupart du temps dans la cuisine ou dans la grande buanderie.

Un soir, mon oncle a tenu à me raconter l'histoire de son père, cette histoire que tu n'avais pas voulu rapprocher de celle de la Petite Sirène ou du Vilain Petit Canard.

A Trieste, l'atmosphère était devenue étouffante. Plusieurs de leurs amis s'étaient déjà mis à l'abri ; en partant, ils leur avaient conseillé de faire de même, mais son père, Ottavio, avait eu un élan de rébellion face au mot « fuir ». Pourquoi diable devrais-je fuir ? disait-il. Ce sont les voleurs, les assassins, les malfaiteurs, les lâches qui le font : ceux qui ont quelque chose à cacher. Mais moi, qu'est-ce que j'ai fait de mal ?

« Ce n'était pas le fait de se savoir baptisé qui lui donnait cette tranquillité absolue, avait précisé oncle Jonathas, mais une réelle distance intérieure par rapport à tout ce qui se passait autour de lui ; il ne pouvait concevoir que l'on en vînt à tuer un homme, uniquement à cause du nom qu'il portait. »

« Je suis un citoyen italien ! » avait-il proclamé avec fermeté quand on était venu le prendre, comme si son appartenance géographique pouvait lui garantir une sorte de sauf-conduit magique.

Oncle Jonathas, lui, avait eu la vie sauve parce que, en rentrant à la maison, il avait croisé en chemin une femme qui, depuis des années, descendait du Carso pour leur apporter du beurre et, comptant sur ses cheveux blonds et ses yeux bleus, il s'était joint à elle, se faisant passer pour son fils.

Il avait ainsi assisté, impuissant et muet, à l'arrestation de ses parents.

Il n'était jamais revenu à la villa, la femme l'avait emmené avec elle sur le haut-plateau, et il y était resté jusqu'à la fin de la guerre.

« Peut-être est-ce à ce moment-là, avait ajouté mon oncle sur un ton pensif, qu'entre les livres et la terre, j'ai choisi la terre, parce que sur les pages imprimées il n'y avait que des questions, alors que dans les champs il y avait la vie et que celle-ci continue, quoi qu'il arrive.

Au cours des semaines suivantes, l'évêque, qui depuis des années, appréciait Ottavio en tant que musicien, avait réussi, grâce à des pressions amicales sur le préfet, à obtenir sa libération, mais le sauf-conduit n'était valable que pour une seule personne, si bien que son père l'avait refusé.

Le jour de Yom Kippour de 1944, ses parents étaient partis pour les plaines désolées de Pologne où, très vite, on avait perdu toute trace de sa mère.

C'était la Croix-Rouge qui, trois mois après la fin de la guerre, lui avait appris que son père était encore en vie.

« En automne 1945, a poursuivi mon oncle, mon père Ottavio est rentré à Trieste, méconnaissable physiquement, mais apparemment inchangé mentalement. Il a tout de suite appelé son accordeur, puis s'est assis sur le tabouret et s'est mis à jouer. On aurait dit qu'il n'avait pas d'autre besoin que celui-là : manger, boire, dormir, se promener ne l'intéressait pas, il voulait seulement jouer; jouer et rien d'autre. Au début, j'ai pensé que c'était la musique — et le rôle central qu'elle a eu dans sa vie — qui avait contribué à le sauver, mais bien vite, j'ai dû changer d'avis. »

Un mois plus tard, oncle Ottavio avait demandé, avec insistance, à pouvoir donner un concert. Son désir fut rapidement exaucé.

Jonathas se souvenait encore de cette soirée dans les moindres détails : la salle était comble, on aurait pu entendre une mouche voler, pas un éternuement ni un bruit de toux, tout le monde semblait saisi par l'intensité quasi métaphysique de cette exécution. Même le visage du pianiste était comme transfiguré. En le regardant, le fils aussi s'était senti envahi par l'inquiétude.

Qui était la personne en train de jouer? Etait-ce son père, l'homme qu'il avait toujours connu, ou en avait-il seulement les traits? Ses mains couraient sur le clavier, mais il n'y avait plus de joie dans son regard; une lumière froide et distante semblait l'entraîner au loin, dans un lieu où il était impossible de le rejoindre.

A la fin, le public s'était levé en applaudissant frénétiquement, pour une ovation qui avait duré dix minutes, réclamant un *bis* à grands cris ; mais après s'être sobrement incliné, oncle Ottavio avait jeté un froid sur l'assistance d'un geste tranchant de la main, de gauche à droite, comme pour dire : « Non, ce n'est plus possible. N'insistez pas. J'en ai fini. »

« Inoubliable, vraiment inoubliable... », murmuraient plusieurs personnes, en récupérant leur manteau au vestiaire. On ne savait pas très bien si elles parlaient du concert ou de sa clôture inattendue.

Le lendemain, oncle Ottavio s'était levé, avait jeté dans le poêle toutes ses partitions, fermé le couvercle de son piano et, après avoir enfilé son manteau, il était sorti.

A partir de ce jour-là, et durant tout l'hiver, sortir avait été sa seule activité. Il quittait la maison à l'aube et rentrait tard dans la nuit ; de temps en temps, une de ses connaissances disait l'avoir croisé sur les quais, à Muggia ou à Aurisina. Il marchait tête basse, sans jamais reconnaître personne, les amis le saluaient et il poursuivait son chemin. Ses lèvres remuaient continuellement comme s'il discutait avec lui-même, de manière fébrile ; il ne se lavait plus, ne se rasait plus, portait toujours le même manteau crasseux, de grosses chaussures de montagne percées et un chapeau enfoncé jusqu'aux yeux ; autour de la taille, il avait enroulé plusieurs mètres de corde.

C'est avec cette même corde que, au bout de quelques mois, il avait commencé à ramener des chiens à la maison.

Les premiers étaient deux petits bâtards de type chien de chasse ; il les installa à l'arrière du jardin ; il resta à la maison une semaine entière pour fabriquer les boxes rudimentaires grillagés, près du garage. Quand il eut fini, il reprit son vagabondage. Il sortait le matin et rentrait le soir, ramenant toujours avec lui quelque nouveau chien attaché à sa corde.

« En peu de temps, se souvenait oncle Jonathas, la situation était devenue intenable : les animaux salissaient partout, aboyaient, s'entredévoraient, se disputant la nourriture : en effet, mon père ne les nourrissait pas régulièrement, mais seulement quand il y pensait et qu'il en avait envie, et il ne permettait à personne d'autre de s'en occuper ; une fois, j'avais eu l'audace de le faire, et il s'était jeté sur moi avec la fureur d'un dément. Si les chiens se querellaient entre eux, il se déchaînait et les frappait à l'aveuglette avec un bâton jusqu'à ce qu'ils arrêtent ; il tombait alors sur le sol, épuisé. Mais quand ils étaient tranquilles et rassasiés, il passait des heures à les caresser, leur parlant sur un ton calme et apaisé. Vous oui, répétait-il, assis au milieu des chiens comme si c'étaient des enfants, vous avez un cœur vraiment dévoué... Et les chiens lui effleuraient la main à petits coups de langue, en remuant la queue.

« Il était évident qu'il aurait fallu l'hospitaliser, le soigner, mais comment ? Il n'aurait jamais accepté, et moi, je ne voulais pas le contraindre de force.

« Le problème était très délicat : comment pouvions-nous l'aider ? Etait-ce encore possible ? Et surtout, était-ce juste ? Voulait-il redevenir le pianiste d'autrefois ou ce geste péremptoire, à la fin du concert, marquait-il un fossé définitif entre un avant et un après, entre celui qu'il était et ce que l'on avait fait de lui ? N'était-ce pas justement cela

— la mort de la beauté — le témoignage de sa vie, par-delà la mort ?

« Sans doute n'était-ce pas lui qu'il fallait soigner, mais notre incapacité à supporter la dévastation, le spectacle du bien qui se corrompt et se transforme en mal. Au fond, les premiers temps, nous avions l'illusion que tout pouvait continuer comme si de rien n'était. On peut supporter la vue d'un peu de mal, mais lorsqu'il est sombre et dense au point de cacher tout l'horizon, est-ce encore possible ?

« Heureusement que la mort existe ; elle, au moins, est parfois miséricordieuse. Un jour, je suis rentré à la maison et je n'ai pas entendu les chiens aboyer, mais je ne m'en suis pas soucié outre mesure ; c'est seulement plus tard, quand je les ai tous vus étrangement immobiles, dans le cadre de la fenêtre de la salle de bains, que je suis descendu précipitamment au jardin et que je l'ai trouvé.

« Il était là, au milieu des boxes, les yeux ouverts ; il semblait sourire. Son cœur s'était arrêté tout à coup, sans qu'il souffre. Au lieu de le mordre et de le dévorer, les animaux le veillaient en silence, remuant la queue à tour de rôle, comme pour se communiquer quelque chose. On dit que les chiens sont capables de voir l'ange de la mort. Ce jour-là, j'ai pensé que c'était vrai et que, peut-être, eux aussi étaient des anges, vu la manière dont ils donnaient leur cœur à leur maître. De toute façon, j'ai eu au moins cette consolation : voir qu'il était mort sereinement. Un soulagement modeste, qui tombe en poussière la nuit, quand je me dis que, probablement, même les criminels les plus féroces meurent avec la même expression sur le visage. »

4

Dans ma chambre, le soir, après le dîner, j'ai commencé à lire la Bible. Faute de préparation adaptée, je ne suivais pas un ordre à proprement parler ; je me contentais de l'ouvrir çà et là, parcourant les lignes, en quête de quelque chose qui eût éveillé en moi un écho. Allez savoir pourquoi, parmi toutes les lectures que nous avions faites ensemble, tu ne me l'avais jamais proposée ? Avais-tu peur de me conditionner ? Ou peut-être craignais-tu de ne pas savoir répondre à mes questions de manière sincère et assurée ?

Etait-ce pour cela que tu ne m'avais jamais parlé d'oncle Ottavio ?

Tu avais probablement renvoyé ce type de propos à plus tard, quand je serais plus grande, puis, quand j'ai eu l'âge adéquat, tu as été bouleversée par la violence de mon inquiétude, aussitôt suivie par les ravages provoqués par ta maladie ; et ainsi, la réflexion sur la mémoire avait été balayée.

De quelles racines m'avais-tu dotée ?

De ton amour, certes, mais quel était son fondement, de quoi était-il nourri, qu'est-ce qui le poussait au-delà du cours naturel de la génétique ?

Et pourquoi n'avais-tu pas su aimer ma mère, pour quelle raison l'avais-tu laissée aller à la dérive, telle une barque sans gouvernail ?

Aurais-tu pu faire quelque chose ?

Ou bien est-ce toujours le flux de l'histoire qui entraîne les vies, qui les bouleverse ? Ma mère était la fille de son époque, de même que toi tu l'étais de la tienne, et de même que je le serais de la mienne ?

Et si l'histoire était bien un courant, mais un courant auquel on peut aussi s'opposer, en en déterminant le cours ? Et si le mystère du salut résidait dans l'histoire, justement ? Si le salut consistait à agir en suivant le parcours lumineux de la vérité ?

Mais quelle vérité ?

Jusque-là, j'avais toujours entendu dire que la vérité n'existait pas.

« La vérité dépend du point de vue que l'on adopte, m'avait dit un jour mon père, et comme les points de vue sont innombrables, les vérités le sont aussi. Celui qui prétend détenir la vérité dans une main tient déjà un couteau serré dans l'autre, pour la défendre. Celui qui tire Dieu de son côté le fait pour pouvoir te tuer. Souviens-toi de ce qui était écrit sur les ceinturons des nazis : *Gott mit uns*. Dieu est avec nous. Souviens-toi des bûchers sur lesquels les catholiques ont fait brûler vifs ceux qui ne pensaient pas comme eux. La vérité et la mort cheminent toujours côte à côte. »

Poussée par la lecture de la Bible, un week-end, j'avais enfin décidé de sortir du kibboutz et d'aller visiter le pays.

Je suis allée jusqu'à Zefat en autocar et me suis assise sur un muret afin de manger une partie des provisions que j'avais prises dans la cuisine. Une musique ininterrompue sortait de certains bars touristiques au pied des remparts, pendant qu'un guide, dans un anglais aisé, décrivait les beautés du lieu à un petit groupe d'Américains fatigués et ennuyés.

« Durant les premiers siècles, Zefat a surtout été une forteresse, un chef-lieu de la résistance à l'envahisseur romain. Ce n'est qu'au XVIe siècle qu'elle est devenue l'un des centres les plus importants de la culture mystique hébraïque, et c'est à cette époque que remontent les synagogues les plus importantes que vous puissiez admirer. »

Des sons curieux, métalliques et répétitifs, dominaient ses paroles : non loin de là, le fils d'un couple plus tout à fait jeune appuyait frénétiquement sur les touches d'un jeu vidéo sans quitter l'écran des yeux. Par trois fois, son père lui a intimé de s'arrêter; la quatrième fois, il lui a arraché le jeu des mains en criant, irrité : « *These are your roots !* »

L'air chaud montait de la plaine, agitant faiblement les feuilles des plantes. Un peu plus loin, deux cigognes, ailes déployées et pattes étendues, traçaient de grands cercles dans l'air, profitant des courants ascensionnels.

Au tout début de l'après-midi, je suis descendue vers Tibériade. Je m'attendais à trouver un pauvre village de pêcheurs, mais je me suis retrouvée dans une petite ville touristique, qui tenait à la fois de Rimini et de Las Vegas; la tristesse des lieux de villégiature hors saison flottait sur tout, sur l'odeur de friture refroidie, sur les enseignes au néon (dont la plupart étaient éteintes), sur la boutique de souvenirs où je suis entrée pour acheter une carte postale.

« Voici un avant-poste où tu te sentirais bien... », ai-je écrit au dos de la carte que j'ai envoyée à mon père.

J'ai passé cette première nuit dans une pension à Tibériade. Le lendemain matin, je me suis dirigée vers Capharnaüm.

Le vent s'était levé, des vagues menaçantes parcouraient la vaste étendue du lac.

J'ai fait un petit détour pour visiter le site archéologique de Tabgha; dans le parking, trois autocars étaient déjà stationnés.

En rejoignant les gradins, j'ai croisé une foule bariolée de compatriotes, la plupart étaient des couples de retraités qui, d'après leur accent, devaient venir de Vénétie; tous portaient autour du cou un foulard de même couleur, et de petits chapeaux à visière; beaucoup d'entre eux avaient le visage marqué de ceux qui ont travaillé la terre toute leur vie, certaines femmes étaient habillées avec élégance — petit gilet, jupe, chemisier. Elles tenaient sous le bras des sacs désuets et arboraient des permanentes qui ignoraient totalement les affres du nouveau millénaire.

Un prêtre d'âge mûr les accompagnait, leur curé probablement.

« Venez ici... approchez-vous... écoutez... », répétait-il sans arrêt, aussi anxieux qu'une institutrice qui encadre une sortie scolaire.

Mais, à part trois ou quatre paroissiennes qui ne le quittaient pas, le reste de la troupe ne semblait guère manifester beaucoup plus d'intérêt pour l'aspect ludique du lieu : en effet, les plus intrépides avaient enlevé leurs chaussures et étaient entrés dans le lac, s'éclaboussant bruyamment entre eux, comme des gamins.

Certains, ici et là, immortalisaient ce moment avec les appareils les plus sophistiqués : ils cadraient, filmaient, appuyaient sur le déclencheur, sans jamais décoller l'œil du viseur.

Entre-temps, d'autres cars s'étaient approchés des rives du lac, déversant à l'extérieur une nouvelle vague de pèlerins, allemands et coréens cette fois.

« L'un des premiers témoignages de l'existence de ce lieu est due à la pèlerine Egérie », avait tout de suite lancé une guide allemande, en brandissant une pancarte avec le nom du voyagiste. « Voici ce qu'elle écrivait en 394 après Jésus-Christ : *Non loin de là, on voit les gradins de pierre sur lesquels se tint le Seigneur, et au-dessus de la mer se trouve un champ herbeux avec beaucoup de foin et de palmiers, près desquels sept sources font jaillir de l'eau en abondance...* Voilà, regardez à gauche, sous cette construction octogonale, on voit encore la source principale, l'eau jaillit à trente-deux degrés, elle est à la fois sulfureuse et saumâtre, il s'agit donc d'une eau thermale. »

Les informations concernant la salubrité de cette source semblaient exciter les dames allemandes qui s'étaient aussitôt dispersées, en quête d'un filet d'eau où tremper le doigt, afin de ressentir à Tibériade les mêmes sensations qu'à Abano Terme.

Le groupe de Coréens était plus discipliné et compact. Tous suivaient attentivement des yeux ce que leur prêtre leur indiquait successivement, comme s'ils étaient les éléments d'un seul corps.

A la fin, même les efforts du curé vénète avaient été récompensés : en effet, après s'être démené et avoir donné de la voix inutilement, avec quelques coups de sifflet (le même qu'il utilisait, sans doute, sur les terrains de sport de sa paroisse), il avait réussi à rassembler ses ouailles autour de lui pour leur lire à voix haute l'épisode des Evangiles situé dans ce lieu. « *Jésus, cependant, appela à lui ses disciples et leur dit : " J'ai pitié de la foule, car voilà déjà trois jours qu'ils restent auprès de moi et ils n'ont pas de quoi manger. Les renvoyer à jeun, je ne le veux pas : ils pourraient défaillir en route. " Les disciples lui dirent : " Où prendrons-nous, dans un désert, assez de pains pour rassasier une telle foule ? " Jésus leur dit : " Combien de pains avez-vous ? — Sept, dirent-ils, et quelques petits poissons. " Alors, il ordonna à la foule de s'étendre à terre, puis il prit les sept pains et les poissons, rendit grâces, les rompit et il les donna à ses disciples, qui les donnèrent à la foule...* »

A la fin du passage, le prêtre avait levé les yeux : « Combien d'entre nous seraient capables de suivre le Christ pendant des jours, sans manger ? Pourrions-nous manifester un tel dévouement, juste pour écouter sa parole ? Et dans quelle mesure sommes-nous prêts à l'accueillir ? Est-ce une parole qui nous dérange ? Ou est-ce une parole sur laquelle nous prenons nos aises, comme nous le faisons sur un coussin moelleux ? »

Pour finir, il avait exhorté son auditoire : « Recueillons-nous donc pour un moment de méditation et de prière, afin de comprendre le sens profond de notre pèlerinage. » Certains des paroissiens avaient pris une mine douloureusement recueillie, pendant que d'autres avaient regardé autour d'eux, légèrement embarrassés ou distraits, comme s'ils pensaient à ce qui leur manquait pour le déjeuner dans leur sac.

Entre-temps, le vent qui venait du lac s'était renforcé, faisant voler quelques petits chapeaux sur les pierres antiques ; les foulards claquaient au vent tels des drapeaux, pendant que, des frondaisons des eucalyptus, parvenait le bruit sec des feuilles, mêlé au pépiement intense des passereaux.

Assise sur les gradins de l'amphithéâtre, je scrutais avec attention les visages qui m'entouraient ; s'ils avaient décidé de venir jusqu'ici, me disais-je, c'est qu'ils devaient croire en quelque chose, sinon ils auraient préféré se dorer au soleil des Canaries.

« *La lampe du corps, c'est l'œil. Si donc ton œil est sain, ton corps tout entier sera lumineux* », avais-je lu dans l'Evangile selon saint Matthieu le matin même, en attendant le car.

Y avait-il de la lumière dans ces corps, de la clarté dans ces regards ? Ou plutôt du conformisme, du sentimentalisme, de la superstition : je fais cela parce que les autres le font, parce que je désire être admiré pour ma bonté, parce que, quoi qu'il en soit, je veux être protégé des grandes forces pleines d'iniquité qui dominent l'univers ; c'est pour cela qu'autour de mon cou, au lieu d'une corne de corail, j'ai une croix, ou plutôt, pour plus de sécurité je vais mettre les deux, et tant que j'y suis, pourquoi pas une petite main de Fatima ?

Etait-ce cela, la foi, ou était-ce justement cette manière de croire qu'il fallait refuser ? Et entre foi et religion, quel rapport y avait-il ? Peut-on pratiquer une religion et n'avoir aucune foi, et vice versa ? Qu'est-ce qui descendait du Ciel, et qu'est-ce qui était faiblesse des hommes ? Qu'est-ce qui était vérité, et qu'est-ce qui était soif d'approbation ?

Tout le temps que je suis restée là, assise, j'ai cherché d'autres yeux qui auraient répondu aux miens, mais c'était comme si je glissais sur une surface de glace ou de Plexiglas : c'était sans doute moi qui ne dégageais aucune lumière, mais pas la moindre lueur n'émanait de cette foule.

J'allais renoncer, lorsqu'un éclair a croisé mon regard, irradiant du visage lumineux d'une dame coréenne, âgée et menue ; ses compatriotes étaient déjà en train de monter dans le car mais elle, allez savoir pourquoi, est venue près de moi en souriant ; elle a pris une de mes mains entre les siennes et l'a serrée très fort, comme pour me dire : courage, continue ainsi ; puis, après une esquisse de révérence, elle s'est enfuie à petits pas vers son car.

Je suis arrivée à Capharnaüm après plusieurs heures de route : là aussi, le même assaut de cars de tourisme.

Guides et accompagnateurs mêlaient dans l'air des explications en plusieurs langues dont je saisissais des bribes, tout en m'avançant, parmi la foule bariolée, vers la zone archéologique.

De l'ancienne synagogue, il ne restait que quatre colonnes de calcaire blanc, et sur le sol, quelques fragments de bas-reliefs ornés de grenadiers et de grappes de raisin.

« Ici passait l'ancienne via Maris, la route qui reliait la Syrie et la Mésopotamie à l'Egypte et à la Palestine..., disait un homme, une pelle à la main. Une route incontournable, surtout pour les longues caravanes de commerçants. Et c'est justement ici, dans cette synagogue, que Jésus s'est installé pour prêcher, après avoir quitté Nazareth... Quelqu'un a une idée des raisons de ce choix ?

— Parce que c'était comme un parking pour poids lourds...

— Ou un centre commercial...

— Exact ! Jésus l'a choisie parce que c'était un lieu de passage. Elle fut détruite en 665, sans doute par un tremblement de terre. »

Le soleil était au zénith et il faisait plutôt chaud.

Tout en suivant le flux de personnes qui avançaient en désordre, mangeaient des sandwichs, se désaltéraient en buvant de petites bouteilles d'eau minérale, j'ai atteint une zone à l'ombre, dans la partie des fouilles plus au sud, et je me suis assise pour manger quelque chose, moi aussi.

De ce qui avait dû être la petite ville natale de Pierre, il ne restait que les fondations des maisons : ici, Matthieu avait eu son comptoir de percepteur, ici vivait Simon avec sa belle-mère, répétaient les cicérones, d'une voix monocorde.

Je me demandais pourquoi, quand on parlait de Simon Pierre, on évoquait toujours cet unique lien de parenté et pourquoi il n'était jamais question de sa femme et de ses enfants, quand mes yeux sont tombés sur une sorte de monstrueux astronef de verre et de béton, qui enfonçait six grosses pattes en fer dans la terre, masquant totalement la vue du lac.

Qu'est-ce que cela pouvait bien être ?

A première vue, un dancing des années soixante, ou quelque temple bizarre, pour les adorateurs d'extraterrestres.

« Ici s'élevait la maison de Pierre », répétaient les guides avec emphase, en montrant de modestes restes de murs, cachés par le sombre astronef.

La belle-mère aurait d'excellentes raisons de détester le genre humain, me suis-je dit, si elle lui devait la condamnation à voir leur souvenir écrasé sous des tonnes de béton et de verre. Mais peut-être n'était-ce pas la faute de Pierre; celle-ci incombait à la vanité stupide des êtres humains, qui prétendent exhiber partout les signes de leur pouvoir.

Des dizaines de pièces de monnaie jetées par des touristes luisaient sur le pavement antique de la maison. Je n'arrivais pas à comprendre le sens de ce geste. Propitiatoire, augural? Ou peut-être le prévoyant début d'une collecte afin de pouvoir, un jour prochain, abattre ce monstre et restituer à Capharnaüm sa magie?

Désormais, il était tard. J'aurais voulu me rendre sur le mont des Béatitudes, mais je n'étais pas sûre de rentrer à temps au kibboutz, comme je l'avais promis à mon oncle; j'ai donc rejoint l'arrêt du car.

Durant tout le parcours, alors que le paysage était rapidement englouti par l'obscurité, j'ai repensé à la journée écoulée. « *L'abondance des sages est le salut du monde* », avais-je lu dans la Bible, peu de temps auparavant.

Avais-je rencontré des sages ce jour-là, l'avais-je fait les années précédentes?

Les seuls prêtres que j'avais croisés en chemin étaient ceux de l'école. Leurs propos ne m'avaient laissé aucun souvenir, à part une ambiance diffuse de sentimentalisme moraliste qui n'avait ouvert aucune porte dans mon esprit, mais avait scellé la porte de mon cœur.

Qu'était réellement le Savoir? Cette douleur qui, depuis toujours, traversait ma moelle épinière?

Sur ces rives, les rabbins de Nazareth avaient nourri des milliers de personnes : y avait-il encore des pains et des poissons à distribuer? Et quelle faim devaient-ils rassasier? De quoi l'homme moderne avait-il faim, lui qui possédait tout, sauf lui-même ? De quoi l'âme avait-elle faim ? De gloire, de triomphes, de jugements, de séparations, ou peut-être, tout simplement, de découvrir un seuil devant lequel s'agenouiller ?

5

Les mois suivants, ma vie a adopté un rythme régulier, je travaillais dans la buanderie avec un groupe de vieilles dames qui parlaient yiddish ; pendant qu'elles pliaient le linge, je repassais les draps à la machine. Grâce à ma connaissance de l'allemand, j'arrivais même à les comprendre et à converser un minimum avec elles.

Mon temps libre, je le passais surtout avec mon oncle ; lui aussi semblait content d'avoir retrouvé une branche de la famille qu'il croyait perdue. Nous discutions longuement dans le petit salon, le soir, ou bien nous allions nous promener le long des rangées d'agrumes qu'il avait lui même plantés.

« Au début, m'avait-il dit, ce travail m'avait simplement été assigné. Les premiers temps, pour moi, planter un arbre équivalait à construire un mur, je ne voyais aucune différence ; mais avec les années, en prenant soin d'eux, en les voyant pousser, j'ai été pris d'une véritable passion pour eux. Ma femme se moquait souvent de moi : " Tu penses plus à eux qu'à tes propres enfants ", disait-elle, et elle avait peut-être raison.

« Sur le destin de nos enfants, au fond, planait une sorte de fatalité : je savais que malgré tous mes efforts pour les élever le mieux possible, à un certain moment, ils pouvaient décider — de manière totalement autonome — de choisir une voie erronée, ou simplement différente de la mienne.

« Avec mes arbres, en revanche, c'était différent. Eux, ils dépendaient de mes soins, ils attendaient l'eau quand la terre devenait trop aride, l'huile minérale qui les protégerait de la cochenille, la bonne dose d'engrais à la fin de l'hiver, car un rapport déséquilibré entre les différents composts aurait donné lieu à un excès de feuilles ou provoqué des coulures, voire des brûlures dangereuses. C'est une erreur que j'ai souvent commise au début : j'avais trop nourri le terrain et, telle une mère anxieuse, croyant l'enrichir, je l'ai rendu malade. L'engrais doit être soigneusement dosé, et administré au bon moment ; parfois, il faut même éviter d'en mettre. Une privation raisonnable fait du bien aux plantes comme aux enfants : il faut renoncer à quelque chose, pour éprouver ensuite le désir de l'avoir.

« Aujourd'hui, il y a une idée qui est très répandue, une idée stupide : on pense que pour être heureux, les enfants doivent avoir tout, tout de suite : connaître plusieurs langues, jouer avec un ordinateur. Je discute souvent de cela avec les jeunes couples ; ils me disent que je suis vieux jeu, et peut-être un peu sadique. Ils ne comprennent pas que, pour se mettre en voyage, il faut avoir la nostalgie de quelque chose. Si je prive une plante de lumière, elle rassemblera toutes ses forces pour trouver un soupirail, et une fois son but atteint, elle sera plus robuste parce que, face à un obstacle, elle aura réussi à le surmonter.

« Les plantes gâtées, comme les enfants, n'ont qu'une seule route devant elles : celle de leur ego.

« Je dis cela, et je sais que je suis seul; désormais, le monde avance autrement, et ce n'est sûrement pas moi qui l'arrêterai. Mais j'aimerais que les gens pensent davantage aux arbres, qu'ils apprennent à s'en occuper, à leur être reconnaissants, car (même si personne n'a l'air de s'en souvenir) sans eux, notre vie n'existerait pas : c'est leur respiration qui nous permet de respirer.

« Tu sais ce qui me fait le plus peur, dans notre époque? Le sentiment de toute-puissance qui se répand. L'homme est convaincu de pouvoir tout faire parce qu'il vit dans un monde artificiel, construit de ses propres mains, et qu'il croit dominer totalement. Mais ceux qui, comme moi, font pousser les arbres et les plantes savent qu'il n'en est pas ainsi.

« Bien sûr, pour garantir une production hydrique régulière, je peux construire une installation très sophistiquée — nous avons cultivé presque tout le pays de cette façon — mais s'il ne pleut pas pendant des jours, des mois, des années, à un certain moment la terre se fendra à cause de la sécheresse, les plantes mourront et, avec les plantes, les animaux. Nous ne pouvons pas fabriquer l'eau, tu comprends, de même que nous ne pouvons pas fabriquer l'oxygène. Dans tous les cas, nous sommes dépendants de quelque chose qui nous dépasse : si la mer monte outre mesure, elle nous emporte; si les criquets arrivent, ils dévorent les récoltes et les bourgeons exactement comme ils l'ont fait à l'époque du pharaon. Mais, prisonniers que nous sommes de nos lumières artificielles, nous l'avons oublié.

« Le seul horizon certain est celui de notre domination sur la matière; nous soignons de plus en plus de maladies, avec des systèmes de plus en plus compliqués — et cela, naturellement, est un fait extraordinaire — mais nous congelons aussi les cochons vivants, pour voir s'il est possible, pour nous, de nous endormir et de nous réveiller plusieurs fois en un temps dilaté, bref, pour pouvoir faire semblant de mourir et de renaître chaque fois ; nous démembrons les corps des défunts et les gardons au réfrigérateur comme des pièces de rechange.

« Vois-tu, j'ai une rotule qui ne bouge presque plus à cause de l'arthrose, elle est toujours enflée et j'ai du mal à marcher. Tu sais ce que m'a dit un médecin de l'hôpital, un jour ? “ Si vous voulez, on peut la remplacer par une autre. ”

« Et vous la prendrez où ? ai-je demandé ; et lui, sans se démonter : “ A la banque. ”

« Bref, quelque part dans le monde, il y a un grand réfrigérateur qui contient toutes les pièces de rechange : au lieu des courgettes et des petits pois, il y a des rotules et des mains, des tendons et des yeux. Ils sont là, attendant de se substituer à d'autres, comme les portières des voitures chez le carrossier.

« J'ai vu l'expression du médecin quand je lui ai répondu que je préférais rester boiteux plutôt que de profaner un corps : il m'a regardé comme si j'étais un vieux fanatique. Mais moi, je n'ai jamais été un fanatique, dans aucun domaine. Le doute, la perplexité m'ont toujours habité ; j'aurais voulu retourner le voir pour le lui dire, mais j'ai compris ensuite que ça n'en valait pas la peine. Les espaces fermés rendent les hommes terriblement bornés. Il faut vivre dehors, au grand air, pour admettre qu'il y a quelque chose que nous n'arrivons pas à comprendre ; et savoir cela n'est pas une défaite, mais une possibilité de grandeur.

" De là, tu peux partir pour des voyages extraordinaires, dit toujours mon fils, et si tu ne le fais pas, tous les itinéraires que tu emprunteras ne seront qu'une manière de tourner en rond. "

« Comment peux-tu penser, quand tu prends dans tes bras ton enfant qui vient de naître, que c'est un ensemble de pièces de rechange ? Tu sens sa chair tendre, confiante ; tu vois son regard, un regard à partir duquel, si tu sais le lire, tu pourrais tout comprendre, et tu sens que, dans ces quelques kilos de matière, est enfermé le plus grand des mystères. Ce n'est pas ton intelligence qui te le dit, mais tes entrailles, qui l'ont engendré. Comment dit le psaume ? *Mes os ne t'étaient pas cachés quand je fus façonné dans le secret, brodé au profond de la terre* [1].

« Et moi, ces os, je devrais les scier et les mettre dans un frigo ? Non, merci, je préfère qu'ils retournent dans les profondeurs de la terre, je préfère penser que *sur ton livre, ils sont tous inscrits, les jours qui ont été fixés, et chacun d'eux y figure*, poursuit le psaume, incliner la tête et accepter mon sort.

« Je discute souvent de ces choses-là avec mon fils quand il vient me voir avec les petites ; nous restons éveillés jusqu'à l'aube, pendant qu'elles sont couchées. Souvent, il me dit en riant que je suis devenu plus religieux que lui, mais je lui réponds qu'il se trompe, je suis comme un marchand qui a un crédit ouvert avec quelqu'un et qui n'a pas encore soldé ses comptes — la mort de mon père, de ma mère, l'extermination de millions d'innocents, à

---

1. Psaume 139, « Hommage à Celui qui sait tout », strophes 7-8. (*N.d.T.*)

toutes les époques — et comme j'ai ce compte ouvert, je ne peux pas me livrer pieds et poings liés à la foi, de même que je ne peux pas faire comme si de rien n'était, dire que tout va bien sous le soleil, et que ce qui remplit le ciel n'est rien d'autre que des masses de matière en mouvement, comme le soutiennent les *sempi* [1] ».

Il y avait longtemps qu'il ne m'avait pas parlé en dialecte, si bien que je lui ai demandé : « Tu as dit *empio* [2] ou *sempio* ? »

Mon oncle s'est mis à rire, et il a continué en triestin : « *Go dito sempio* [3] », puis, reprenant son sérieux : « Mais au fond, y a-t-il beaucoup de différence entre *sempio* et *empio* ? Tous deux ne voient pas — ou font semblant de ne pas voir — ce qui se trouve sous leur nez.

« Quand j'ai commencé à planter des arbres, j'étais convaincu, comme tous les enfants qui ont grandi en ville, qu'ils n'étaient guère différents de poteaux qui auraient donné des feuilles ; c'est avec le temps que j'ai compris, en les écoutant, en les regardant pousser, en les voyant tomber malades, mourir ou fructifier, qu'ils ressemblaient aux enfants, qui, comme eux, avaient besoin de soins, d'amour mais aussi d'autorité ; j'ai compris que chacun d'eux, incroyablement, a sa personnalité — certains étaient plus forts, d'autres plus faibles, certains plus généreux, d'autres plus avares, et même plus capricieux.

« Je m'occupais de tous avec la même intensité et surtout, je répondais de manière différente à chacun. C'est ce qui m'a fait comprendre que ce

1. *Sempio* : sot et cruel à la fois, en dialecte triestin. (*N.d.T.*)
2. Impie. (*N.d.T.*)
3. « J'ai dit " sot ". »

n'étaient pas des poteaux, mais des êtres vivants, dont chacun avait son propre destin. Et s'il y a un mystère en eux, qu'en sera-t-il de celui, encore plus grand, qui enveloppe les hommes ?

« Si j'étais arrivé à l'âge que j'ai, convaincu d'avoir planté toute la vie de simples poteaux générateurs de fruits, que serais-je maintenant ? Un *sempio* ? Un *empio* ?

« A toi de répondre.

« Je serais quelqu'un qui, toute sa vie, aurait avancé sans jamais écouter ni voir, un homme qui n'aurait dans la tête, à la place des pensées et des questions, qu'un feu de feuilles mouillées ; la fumée de leur mauvaise combustion m'aurait empêché de voir la ressemblance entre le destin de l'arbre et celui de l'homme. »

Je lui avais parlé, moi aussi, de ma passion pour les arbres, du noyer que tu avais fait couper avec tant de légèreté, et du désastre qui avait suivi : c'était comme si, à l'intérieur de moi, un arbre avait été amputé, et de cette blessure toujours ouverte, mes inquiétudes ne cessaient de s'écouler.

Nous avons aussi parlé de ta maladie, et du fait que je n'avais pas réussi à régler mes comptes avec notre relation : trop proche et trop douillette dans mon enfance, trop conflictuelle après. Le fait que tu m'avais aimée, moi, mais que tu n'avais pas été capable d'aimer ta propre fille me jetait dans le trouble, rendait ambiguë ma relation avec toi.

Je lui ai ensuite parlé de mon père et de son histoire avec ma mère, de leurs années à Padoue et à la fin, peut-être aussi pour dédramatiser un peu, nous avons joué au jeu des plantes.

« Quelle plante aurait été Ilaria ? ai-je demandé à mon oncle.

— Sûrement une plante lacustre, a-t-il répondu : ses racines flottantes ne lui ont pas permis de s'élever, de se doter d'un fût et de vivre longtemps, mais comme cela arrive à ce type de plante, elle a engendré une très belle fleur.

— Et mon père ? »

D'après les récits que je lui avais faits, oncle Jonathas le comparait à une de ces plantes que l'on voit rouler dans le désert ; elles ressemblent plus à des couronnes d'épines qu'à des arbustes : le vent les pousse et, elles, elles dansent sur le sable, grimpent sur les dunes pour retomber ensuite sans jamais s'arrêter ; n'ayant pas de racines, ni la possibilité d'en planter, elles ne peuvent même pas offrir de nourriture aux abeilles, et leur destin est celui d'une course vers le néant, éternelle et solitaire.

Quant à moi, petite fille, j'avais eu le désir de pousser avec la puissante stabilité du chêne, ou la fragrance d'un tilleul, mais les derniers temps, j'avais changé d'avis : l'emprisonnement des tilleuls, dans les avenues et les jardins, me mettait mal à l'aise, de même que j'étais attristée par le destin solitaire des chênes ; si bien que maintenant, j'aurais voulu être un saule, croître avec une grande chevelure à proximité d'une rivière, plonger mes racines dans l'eau, écouter le bruit du courant, offrir, dans mes frondaisons, l'hospitalité au rossignol et à la rousserolle, et voir le martin-pêcheur apparaître et disparaître entre les vagues, comme un petit arc-en-ciel.

« Et toi, lui avais-je demandé ensuite, quel arbre voudrais-tu être ? »

Mon oncle était resté un moment pensif, avant de me répondre.

« Jeune, j'aurais voulu être un arbuste : je ne sais pas, un rosier sauvage, une aubépine, un prunus, et être englouti par l'ensemble d'une haie. Puis, une fois que je suis arrivé ici, j'aurais aimé être un de ces cèdres qui poussent, majestueux, sur les pentes de l'Hermon. Mais ces derniers temps, l'arbre que j'ai toujours à l'esprit, dont j'ai une grande nostalgie, c'est un arbre qui pousse dans nos régions, le hêtre... Je le revois, lors de mes randonnées en montagne : le tronc gris, couvert de mousse, et les feuilles qui incendiaient l'air...

« Oui, maintenant, j'aimerais être cet arbre-là.

« Je dirais même que je me sens, que je suis un hêtre, car au crépuscule, la vie s'enflamme d'émotions, de souvenirs, de sentiments, de même qu'en automne, dans les forêts, s'enflamment les chevelures de ces arbres. »

6

Peu après la fête de Shavuot, quelqu'un a essayé de me joindre d'Italie ; le coup de fil a été transmis dans la salle à manger, mais j'étais déjà au travail. Quand, après l'avoir terminé, je me suis assise à une table avec mon plateau archiplein, un jeune soldat m'a glissé un billet sur lequel était écrit : *A call from your abba*.

C'était mon père qui essayait de me joindre, pour la deuxième fois de sa vie. Qu'est-ce qui le poussait à le faire ? Qui sait ? Peut-être, enthousiasmé par la vision de Tibériade, voulait-il que je lui cherche un appartement dans cette région, ou juste m'informer qu'il quittait Grado Pineta pour s'installer dans un autre avant-poste pour y passer l'été. En effet, presque une année s'était écoulée depuis mon départ.

Le connaissant, j'ai pensé qu'il ne devait rien y avoir d'urgent ; j'ai donc glissé le billet dans ma poche en me disant qu'à ma première sortie, j'achèterais une carte de téléphone pour le rappeler.

Le soir même est arrivé en visite Arik, le fils aîné de mon oncle, de retour de l'université de Haïfa où il s'était rendu pour du travail : il avait une trentaine d'années et un visage ouvert, lumineux.

En mon honneur, et en celui du pays qui (pour une poignée de kilomètres) était notre pays natal, ce soir-là, nous sommes restés à la maison et avons préparé des spaghettis à la sauce tomate. Arik a raconté à son père les dernières prouesses des petites jumelles, ajoutant, sur un ton mystérieux, que bientôt il aurait une bonne nouvelle à lui annoncer, mais qu'il préférait attendre sa femme pour le faire. Puis, il a fait allusion à sa sœur, qu'il avait rencontrée la semaine précédente à Be'er Sheva.

« Si je ne l'appelle pas, moi, elle ne m'appelle jamais, a dit mon oncle avec tristesse.

— Elle est trop prise par son travail, a rétorqué Arik. Elle ne s'arrête jamais, elle est persuadée que son rôle est de sauver l'humanité. Si elle continue comme ça, elle finira par tomber malade. »

Mon oncle a secoué la tête :

« C'est bizarre, d'habitude les filles tiennent de leur père. Mais dans notre cas, elle ressemble davantage à sa mère : un esprit pratique, réaliste, capable de se retrousser les manches dans toutes les situations, sans aucun problème.

— Ce n'est pas ça, a rectifié Arik. Elle fait semblant de ne pas avoir de problèmes, pour éviter de les affronter. Elle a décidé que le monde doit marcher comme elle veut, elle, et elle fonce sans regarder personne.

— Elle est très sûre d'elle-même ? ai-je demandé, moi qui ai toujours envié cette attitude.

— Sûre ? s'est alors demandé Arik. Peut-être. Mais plus que sûre d'elle-même, elle est autoritaire : quand elle a pris une décision, on ne peut plus discuter, ça doit marcher coûte que coûte. C'est donc une forme de fragilité. »

Sollicité par mes questions, Arik m'a ensuite longuement décrit sa vie à Arad.

Au début, il avait eu du mal à s'habituer — le climat et le paysage étaient totalement différents, là-bas — mais désormais, il aurait été incapable de vivre ailleurs. Il avait besoin des pierres, de l'air sec, des fleurs des *wadis* qui, à la première pluie, explosent en une symphonie de couleurs. Il emmenait toujours ses filles les admirer, même si elles étaient encore petites et ne pouvaient pas comprendre : il voulait les habituer dès le début à jouir de cette merveille.

« Sous les tropiques, il est probable qu'on se lasse même des fleurs et qu'on finisse par ne plus les voir, mais un désert qui ne fleurit qu'une fois de temps en temps est un cadeau inattendu, il nous fait comprendre combien de lumière est enfermée dans la matière... »

Puis, il m'a raconté l'histoire du siège de Massada et qu'il avait vu, la semaine précédente, deux Japonais à bicyclette monter jusqu'à la forteresse; il m'a aussi parlé de l'oasis d'Ein Gedi, où vivaient même des léopards (en remontant les *wadis* à l'aube, il était parfois possible d'en voir) et aussi de la grotte où David s'était caché pour fuir Saül... Si un jour, je décidais d'aller leur rendre visite, il m'emmènerait voir tous ces lieux.

Vers onze heures, mon oncle est allé se coucher; nous, en revanche, nous sommes sortis nous promener.

Nous avons un peu tourné autour des étables, puis nous nous sommes dirigés vers les vergers d'agrumes : les fleurs d'orangers étaient ouvertes, et dans la douceur de l'air nocturne, elles dégageaient une senteur extraordinairement intense. Après un court trajet, nous nous sommes assis sur une pierre, la même que j'avais choisie pour mes méditations, et nous avons parlé toute la nuit d'une foule de choses : de nos familles, de son grand-père et de sa fin tragique, du fait que dès son enfance, il avait été troublé de voir son père aimer la beauté sans aimer Celui qui l'avait mise dans nos cœurs.

« La beauté, l'harmonie existent dans la mesure où nous sommes capables de les percevoir et d'en jouir. C'est seulement à cette condition qu'elles deviennent une nourriture pour l'âme. Sinon, elles ne font que nous éblouir et — comme c'est le cas lorsqu'une voiture nous fait des appels de phare et nous oblige à braquer — elles nous poussent inévitablement à dévier de nos intentions, à mélanger le noir et le blanc, à tout transformer en boue grisâtre.

« Le cœur, a poursuivi Arik, est le lieu de cette bataille, là, les bonnes intentions se heurtent aux mauvaises, et tous les coups sont permis. Il faut être conscient de cela, sinon l'on finit par se rendre sans même avoir combattu, on succombe à l'opacité de l'indistinct, qui est le grand ennemi de notre époque. L'opacité enlève toute joie à la vie, elle ôte de la lumière à ce qui nous entoure et plonge notre être dans l'obscurité. »

Autour de nous, les chacals s'appelaient en hurlant, parfois accompagnés par les aboiements d'un chien et, bien qu'il fît encore nuit, les coqs aussi commençaient à moduler leurs chants, pour saluer l'arrivée d'un nouveau jour.

Arik m'a indiqué un arbrisseau agrippé à un piquet de soutènement.

« Vois-tu, en nous, comme dans les arbres, il y a un désir naturel de monter, de s'élever. Ce désir peut être enfoui sous des kilos de déchets, mais il existe. C'est une sorte de nostalgie qui vit dans la partie la plus profonde de tout homme. Mais la vie est complexe et pleine de contrastes, et nous, en nous abandonnant uniquement au jugement de notre esprit, nous risquons de nous tromper de direction, d'être éblouis par quelque soleil factice. C'est pour cela que la Torah existe, elle est comme le tuteur de cet arbrisseau, elle nous aide à monter tout droit, à aller à la rencontre du ciel sans que nous soyons brisés par les tempêtes. »

Entre les frondaisons des arbres, les ailes des passereaux avaient commencé à bruisser, ils se réveillaient peu à peu, avec des pépiements de plus en plus intenses.

Vers l'orient, les ténèbres cédaient désormais la place à la lumière, le bleu clair se muait en orange doré quand Arik s'est levé et, à voix basse, s'est mis à prier. Je l'ai imité ; j'étais là à côté de lui, debout, et je ne savais pas quoi dire, personne ne m'avait jamais appris de prière, je cherchais désespérément les mots qui auraient donné une voix à mon état d'âme.

Avec leur vol ondoyant, les huppes traversaient déjà les rangées d'arbres quand un « merci » m'est monté aux lèvres. Merci pour la vie, merci pour la splendeur, merci pour la capacité de le comprendre.

La semaine suivante, j'ai reçu un autre coup de fil d'Italie, mais cette fois il ne venait pas de mon père.

C'étaient les carabiniers de Mestre qui m'annonçaient avoir trouvé un homme mort dans un passage souterrain, près de Marghera. Il s'appelait Massimo Ancona et, dans la poche de sa veste, ils avaient trouvé une lettre adressée à sa fille, avec mon numéro de téléphone. Est-ce que je le connaissais ? Est-ce que j'étais vraiment sa fille, vu qu'aucun papier officiel ne le mentionnait ? S'il en était réellement ainsi, je devais me rendre le plus vite possible à la morgue de l'hôpital de Mestre, afin de reconnaître le corps.

L'après-midi même, je suis allée à Haïfa pour réserver un billet d'avion ; la seule place disponible se trouvait dans un vol qui, de Tel-Aviv, m'emmènerait à Milan, dans trois jours.

J'ai confirmé ma réservation et je suis retournée au kibboutz.

Cette nuit-là, je n'ai pas réussi à fermer l'œil. Je me maudissais de ne pas l'avoir rappelé ; les carabiniers n'avaient pas pu me dire comment il était mort, si bien que je me suis demandé s'il ne s'était pas suicidé. Peut-être était-il désespéré, peut-être aurait-il voulu me dire quelque chose, et moi je ne m'étais pas manifestée ; même s'il n'avait jamais éprouvé de sentiment de responsabilité à mon égard, depuis ma naissance, je me sentais tout de même, moi, responsable de sa mort.

C'est seulement avec la sagesse du matin que j'ai compris l'absurdité de ces pensées : mon père ne se serait jamais tué pour un coup de fil resté sans réponse, protégé qu'il était, depuis toujours, par sa sécheresse de cœur et par son égoïsme.

Le lendemain, j'étais trop inquiète pour me livrer à mes activités habituelles ; j'ai donc pris le car et je suis allée jusqu'au mont des Béatitudes.

Je suis arrivée à l'heure du déjeuner, le grand jardin qui entoure la basilique était presque désert. Au-dessous de moi, tel un miroir étincelant, luisait la mer de Galilée, pendant que le vent, sur la route en contrebas, apportait par intermittence le bruit des voitures.

Sur ces quelques dizaines de kilomètres, la brève existence de Jésus s'était consumée. La foule le suivait partout, implorait des guérisons à chacun de ses pas. Je n'avais aucun mal à imaginer l'épuisement et la solitude qu'il avait dû éprouver devant ces gens qui l'assaillaient continuellement; après trente ans de silence, trois ans plongé dans une agitation sans fin.

Et puis, que signifiait « guérir » ? Voir, marcher, entendre à nouveau, mais pour en faire quoi ? Pour avoir de l'appétit, bien dormir, courir plus vite ? Ou pour accéder à un autre niveau de conscience, dans la vie? Et quel rapport y avait-il entre les paroles douceâtres que j'avais entendues à l'école, et la force, la rigueur, la sévérité de ce qui sortait de la bouche des rabbins de Nazareth? Quelles paroles, un jour, pourraient me guérir moi aussi?

Je me suis promenée à travers les allées du parc en suivant les pierres blanches qui portent, gravées, les Béatitudes; autour de moi, les fleurs abondaient et les loriots lançaient leurs chants dans l'air comme autant de questions. Quand j'ai lu « *Heureux les miséricordieux, car ils obtiendront miséricorde* », j'ai pensé à mon père : où se trouvait-il maintenant? Etait-il là autour et me voyait-il, ou avait-il été englouti dans un lieu sombre dont il ne sortirait plus? Y aurait-il miséricorde pour la stérilité de sa vie? Et puis, en quoi consistait vraiment la miséricorde?

N'était-ce pas le fait de participer à la compassion de Celui qui nous a créés ?

Je réentendais mentalement les paroles d'Arik : « La rigueur de la loi et la miséricorde marchent toujours côte à côte, mais lors des décisions les plus importantes, c'est toujours la seconde qui a le dessus car, pour les entrailles d'une mère, il est impossible de s'acharner sur son fils. »

L'idée d'une maternité de Dieu m'avait profondément frappée.

« Mais en définitive, que veut-Il de nous ?

— Il veut de la croissance, de la transformation, du repentir ; Il veut vivre dans notre cœur de même que nous, dès le début, vivons dans le sien. Ce n'est pas la puissance qu'Il désire partager en nous, mais la fragilité. »

7

Deux jours plus tard, mon oncle m'a accompagnée à Ben Gourion, dans sa Subaru déglinguée.

Nous nous sommes quittés en nous étreignant longuement ; je lui ai fait promettre de venir me voir à Trieste le plus tôt possible ; naturellement, l'invitation concernait aussi Arik et sa famille.

Le voyage en avion s'est passé sans histoire.

A Milan, j'ai pris le train pour Venise, et je suis descendue à Mestre.

Dès que je suis arrivée au poste des carabiniers, un jeune caporal-chef m'a accompagnée à la morgue. Chemin faisant, il m'a raconté que, d'après l'autopsie qui avait été effectuée, les causes de la mort s'étaient avérées totalement naturelles : d'un instant à l'autre, son cœur avait cessé de battre.

Les sabots de l'employée qui nous précédait étaient en caoutchouc, et sur le linoléum du sol, ils produisaient un curieux bruit de ventouse.

Un air glacé m'a frappée quand je suis entrée dans la chambre froide. Sur des tables en acier gisaient trois corps. Il occupait la place centrale. Ses pieds dépassaient du drap vert (c'était la première fois que je le voyais sans chaussures), un de ses bras pendait sur le côté.

Le caporal-chef a soulevé le drap. « Vous le reconnaissez ? »

Au lieu d'arborer leur sourire moqueur habituel, ses lèvres semblaient entrouvertes sur une expression de stupeur.

« Oui, ai-je dit. C'est mon père, Massimo Ancona.

— Je regrette, a dit le militaire.

— Moi aussi je regrette », ai-je répondu, et à ce moment-là, j'ai senti des larmes couler le long de mes joues.

Impatiente à cause du froid, l'employée mâchait un chewing-gum (on n'entendait que le bruit de ses mâchoires, dans ce silence irréel) pendant que le carabinier remplissait des formulaires.

Spontanément, j'ai pris cette main blanche qui pendait hors du drap et l'ai serrée entre les miennes ; la peau était froide comme celle des serpents, sa densité et son poids différents de ceux des vivants, les ongles coupés à la va-vite.

« Voilà ton dernier avant-poste, lui ai-je chuchoté, et je me suis penchée pour lui donner un baiser. Merci. Merci pour la vie que tu m'as donnée, quoi qu'il en soit. »

De retour à la maison, j'ai ouvert le sachet en plastique que m'avaient remis les carabiniers. A l'intérieur se trouvaient les clefs de la maison, celles de la voiture, une carte pour les autoroutes régionales (périmée depuis un mois), un petit répertoire téléphonique, un portefeuille aux bords usés et une enveloppe blanche sur laquelle était écrit mon prénom.

Le portefeuille ne contenait que quelques pièces de monnaie, un billet de cinquante mille lires et deux de cinq mille, la carte de sécurité sociale, une petite carte de fidélité pour un supermarché de

Monfalcone (il ne manquait que quatre vignettes avant d'avoir droit au cadeau tant désiré, un peignoir en éponge) et, sur l'une des poches latérales, une petite photo usée par le temps dépassait légèrement : une femme élégante, pas très grande, fixait le photographe avec une expression mi-hautaine, mi-ennuyée, tout en serrant la main d'un enfant. Elle avait dû être prise sur les quais de la place Saint-Marc, ou en face de la Giudecca ; l'enfant montrait, en souriant, quelque chose qui le remplissait de stupeur : un bateau, un plongeon, un oiseau jamais vu ? Autant les yeux de la mère reflétaient uniquement la satisfaction de son propre ego, autant ceux de l'enfant pétillaient d'une curiosité joyeuse et indomptée. Au verso, avec une encre désormais jaunie, était écrit : *Venise 1936, maman et moi sur les quais*. Massimo Ancona, le professeur de philosophie du langage et l'infatigable joueuse de canasta, mon père et ma grand-mère, enfermés dans un portefeuille, comme la plupart des gens ordinaires.

Le nom d'un restaurant de Monselice était gravé sur la couverture en plastique vert du répertoire, pratiquement vide : sous la lettre D, le numéro de téléphone du médecin et du dentiste, celui de trois ou quatre restaurants, et puis, ici et là, les coordonnées de quelques maisons d'édition, deux ou trois prénoms féminins et enfin, en première page, mon numéro de téléphone à Trieste et au-dessus, au crayon, d'une écriture plus tremblée, celui en Israël.

La même écriture hésitante avait tracé mon prénom au recto de l'enveloppe. Je l'ai ouverte : à l'intérieur, deux feuillets jaunâtres (à l'en-tête d'un hôtel de Cracovie) remplis d'une écriture serrée, recto verso.

Grado Pineta, 13 mai

Je ne sais pas si cette lettre te parviendra un jour, mais si tu la lis, cela signifiera que je ne suis plus de ce monde. Tu sais à quel point je déteste le sentimentalisme, mais je ne peux m'empêcher de t'écrire ces lignes. Au fond, tu as été l'inespéré.

Le redouté et l'inespéré.

Tu es arrivée vers la fin de mes jours et, comme les plantes qui lancent leurs racines très fines (et très autoritaires) pour coloniser l'espace alentour, tu as ouvert une fissure dans ma vie en y insinuant ton regard, ta voix, tes questions, et je n'ai plus pu me libérer de ce regard, de cette voix, de ces questions.

Est-ce la voix du sang ou la faiblesse de la sénilité ? Je l'ignore, je n'ai plus ni la force ni le temps de te répondre. Au fond, cela n'a pas beaucoup d'importance : au point où j'en suis, je n'ai plus à me défendre ni à expliquer quoi que ce soit.

Aujourd'hui, j'ai tenté de me suicider.

Rien d'extraordinaire ni de mélodramatique : j'ai décidé de mettre moi-même fin à mes jours, depuis que je possède l'usage de la raison ; nous n'avons pas choisi de naître, et donc, fixer le moment de notre mort est la seule vraie liberté qui nous soit donnée. Mon corps décline, de toute évidence, et malheureusement, mon esprit le suit.

Ce matin, le volet roulant de ma chambre s'est cassé. Je suis resté dans l'obscurité jusqu'à cinq heures de l'après-midi, poursuivant vainement, par téléphone, le réparateur; on ne cessait de me dire : « Rappelez plus tard, et nous vous rappellerons, nous. » Mais il ne se passait rien du tout, si bien qu'à la fin, je suis sorti me promener. Je me suis acheminé dans l'air doux de mai, accompagné par les vols incessants des oiseaux qui apportaient de la nourriture dans leurs nids ; au milieu du béton pointaient de petites fleurs jaunes. Le mois de mai, ai-je pensé, est le moment le plus extraordinaire pour s'en aller, celui qui exige le plus de courage, parce que la vie est dans la plénitude de son éclat. Il n'est pas difficile de se tuer en novembre, quand le ciel est voilé par un épais rideau de pluie. On pourrait croire que c'est la dépression qui m'a poussé à le faire, mais il n'en est rien, je suis parfaitement lucide et conscient de mon choix.

De retour à la maison, j'ai essayé de t'appeler, je voulais entendre ta voix une dernière fois, mais je n'ai pas eu de chance : à l'autre bout du fil se sont succédé plusieurs personnes qui parlaient un peu anglais, un peu hébreu, un peu espagnol ; quoi qu'il en soit, nous ne sommes pas arrivés à nous comprendre.

Je suis alors monté sur une chaise pour prendre le revolver : depuis des années, il est délicatement posé au sommet de la bibliothèque, enveloppé dans du tissu sombre. Je l'ai chargé et j'ai attendu la fin de la nuit, en lisant mes poèmes préférés : je ne voulais pas mourir dans la maison comme un rat, je désirais m'en aller dans un espace ouvert, face à la mer, voir une dernière fois l'aube, le soleil qui monte et qui inonde le monde de lumière.

A quatre heures du matin, je suis sorti et je suis allé jusqu'à la plage ; dans l'obscurité, j'entendais les coquillages crisser sous mes chaussures ; je me suis assis sur le pédalo que tu avais choisi un jour, pour une de nos haltes, je sentais le froid du métal collé contre ma cuisse.

Un peu après cinq heures, le ciel, au-dessus de Trieste et de l'Istrie, a commencé à s'éclaircir, l'air s'est empli du cri des oiseaux marins et la marée encore basse faisait clapoter l'eau tout doucement. J'ai regardé autour de moi et j'ai sorti le revolver de ma poche, en attente : quand le disque orangé est apparu à l'horizon, je l'ai pointé contre ma tempe et j'ai pressé la gâchette : tlac, *a-t-elle fait, et il ne s'est rien passé. J'ai fait avancer le barillet, un autre* tlac.

Entre-temps, sur la plage était arrivé un retraité avec ses deux caniches ; il lançait une balle colorée, et les chiens la poursuivaient en aboyant, tout heureux. Je ne suis même pas capable de me tuer, me suis-je dit, en remettant le revolver dans ma poche.

Dans la matinée, le réparateur de volets est arrivé et, avec lui, la lumière dans la chambre. L'après-midi, je suis allé faire des courses à Monfalcone. La vie continue, je ne sais pas pour combien de temps, mais elle continue, ai-je pensé en jetant le revolver dans un tiroir. J'attendrai que le hasard suive son cours.

Le soir, je me suis mis au petit balcon de la cuisine ; désormais, la température quasi estivale faisait fermenter les algues de la lagune, saturant l'air d'une odeur saumâtre ; dans un appartement éclairé, dans la villa d'en face, une femme en tablier, armée d'un seau, nettoyait à fond les pièces, dans l'imminence d'une migration estivale.

Je m'apprêtais à rentrer quand, entre les buissons sauvages qui divisent les deux copropriétés, j'ai soudain vu des lucioles ; depuis des années, cela ne m'était pas arrivé. Elles dansaient entre le sol et les arbustes, dessinant dans l'air des broderies, avec leur luminosité intermittente. La veille encore, j'aurais souri devant la ruse des stratégies de reproduction :

qu'était cette lumière, sinon un stratagème extraordinaire pour parvenir à la copulation ?

Mais ce soir-là, à l'improviste, tout me semblait différent, je ne ressentais plus d'irritation envers la ménagère qui lavait les carrelages, je ne voyais plus le caractère mécanique des petits feux follets des lucioles.

Dans cette lumière, il n'y a pas de ruse, mais un savoir, me suis-je dit, et je me suis mis à pleurer. Plus de soixante ans avaient passé depuis la dernière fois où j'avais pleuré, dans le bateau qui nous emmenait au Brésil.

Je pleurais lentement, en silence, sans sanglots, je pleurais à cause de ces petites étincelles de vie enveloppées dans l'arrogance de la nuit, à cause de leur allure incertaine, car brusquement, il était clair pour moi que, dans toute obscurité, vit, comprimé, un fragment de lumière.

Tu me trouves ridicule ? Pathétique ? C'est possible, peut-être que ces phrases irriteront la fureur inépuisable de ta jeunesse, mais désormais, cela n'a plus aucune importance pour moi. Au contraire, je me couvrirai encore plus de ridicule en te disant que tous ces mois, j'ai vécu avec l'espoir de te revoir.

Tu sais que j'ai toujours choisi la voie de la sincérité (même au risque de me faire du mal) si bien que ces jours derniers, durant ce temps que le hasard m'a accordé, en me soustrayant à mon orgueil, je peux réfléchir sans peur, car au fond, je suis déjà mort — je sens déjà le linceul sur mon corps et la terre humide qui me recouvre. Et justement parce que je suis de l'autre côté (et que je ne crains plus le ridicule), je peux te dire que c'est la peur qui a guidé ma vie : ce que j'appelais « hardiesse » n'était, en réalité, que de la panique. Peur que les choses n'aillent pas comme je l'avais décidé, peur de dépasser une limite qui n'était pas celle de l'esprit, mais celle du cœur, peur d'aimer et de ne pas être aimé en retour.

Au bout du compte, c'est vraiment cela qui terrifie l'homme, et c'est pour cela qu'il s'en remet à la petitesse.

L'amour comme un pont suspendu au-dessus du vide...

Par peur, nous compliquons les choses simples ; afin de poursuivre des fantômes, nous transformons une route droite en un labyrinthe dont nous ne savons plus comment sortir.

Il est si difficile d'accepter la rigueur de la simplicité, l'humilité de la confiance.

Qu'ai-je fait toute ma vie, sinon cela ? Me fuir moi-même, fuir les responsabilités, blesser pour ne pas être blessé.

Quand tu liras ces lignes (moi, je serai dans une chambre froide, ou sous terre), sache que les derniers jours, j'ai été habité par un sentiment de tristesse — une tristesse sans colère, mélancolique et, peut-être pour cela, encore plus douloureuse.

Orgueil, humilité : à la fin, il ne reste que cela, sur le plateau de la balance. Je ne sais pas quel est leur poids respectif, je ne saurais dire si un jour d'humilité peut suffire à racheter une vie d'orgueil.

Ç'aurait été beau de pouvoir te serrer dans mes bras, petite bombe à retardement arrivée sans crier gare (et trop tard) pour dévaster ma vie ; même si cela ne te dédommagera en rien, j'aurais voulu te serrer dans mes bras une dernière fois, pour rattraper toutes les fois où je ne l'ai pas fait : quand tu es née et quand tu étais petite, quand tu as grandi et quand tu en auras besoin, une fois que je ne serai plus là.

Pardonne la petitesse de l'homme railleur qui t'a mise au monde

papa.

Une semaine plus tard, dans le cimetière juif de Trieste, nous avons célébré l'enterrement. Outre les hommes du *minyan* et le rabbin, il n'y avait que moi. Dès que la récitation du *Kaddish* a pris fin, des chantiers voisins, la sirène de midi a sonné très fort.

C'était une chaude journée d'été et il n'y avait pas grand monde au cimetière. Avant d'entrer, j'ai acheté un beau bouquet de tournesols à un étal, près de l'entrée.

Pendant l'hiver, beaucoup de feuilles mortes, mélangées à des tracts publicitaires, avaient été transportées par la *bora* dans notre petite chapelle familiale, désormais à l'abandon depuis longtemps. A l'intérieur, l'air était suffocant, cela sentait l'humidité, le moisi : il y avait des années que plus personne ne la nettoyait. J'ai ouvert la porte toute grande et je suis allée acheter un balai et un chiffon. Pour finir, j'ai mis les fleurs dans un vase et je me suis assise pour vous tenir compagnie.

Qui sait où vous étiez, comment vous alliez ? Qui sait si, au moins de l'autre côté, vous vous étiez enfin rencontrés, ma mère et toi, si vous aviez enfin réussi à dissiper les ombres qui vous avaient empêchés d'avoir une relation sereine ? Qui sait si vous pouviez me voir de là-haut, assise sur votre tombe, en cet après-midi d'été ? Est-il vrai que les morts ont le pouvoir de rester aux côtés des vivants, de les protéger sans jamais les perdre de vue ? Ou est-ce seulement un désir que nous avons, un espoir très humain ? Y a-t-il vraiment, de l'autre côté, le jugement et l'archange Michel qui tient, entre ses doigts légers, le délicat système des contrepoids ? Et comment sont établies les unités de mesure ? Le poids est-il le même pour toutes les actions ? N'existe-t-il que deux catégories — le bien et le mal — ou les cotations sont-elles un peu plus complexes ? Combien pèsent les souffrances d'un individu ? La mort violente d'un juste vaut-elle autant que celle d'un impie qui s'éteint, riche de jours ? Pourquoi l'homme mauvais jouit-il souvent d'une longue vie paisible, comme si quelqu'un le protégeait, alors que l'homme doux doit subir les injures et l'adversité ? La longévité accordée aux hommes sans scrupule serait-elle un signe de la miséricorde divine : ils vivent plus longtemps pour avoir le temps de se repentir, et de convertir leur cœur ?

Et la douleur, combien pèse-t-elle ?

La douleur de ma mère, de mon père, la tienne, celle d'oncle Ottavio et la mienne (quand je mourrai), que deviendront-elles ? Ce sera de la poussière inerte, ou de la nourriture ? Ne vaudrait-il pas mieux pouvoir vivre avec insouciance, sans se poser de questions ? Mais qu'en est-il de l'homme qui ne s'interroge pas, qui n'a pas de doutes ?

Arik m'avait parlé de la tendance au bien et au mal qui est en chacun de nous, de la lutte qu'ils mènent constamment dans notre cœur. Vivre inerte, sans se poser de questions, ne signifiait-il pas s'en remettre à la banale mécanique de l'existence, à cette inexorable loi de la gravité qui (quoi qu'il en soit, et toujours) nous entraîne vers le bas ? Les doutes, les questions ne naissent-ils pas de la nostalgie? De même que les cellules apicales poussent, quoi qu'il en soit et toujours, les plantes vers le haut, en quête de lumière, ainsi, les questions doivent nous pousser, nous, les êtres humains, vers le ciel : la douleur, la confusion, la dévastation du mal ne sont-elles pas la conséquence de nos écarts?

Dans la petite bibliothèque du kibboutz, j'avais fait la connaissance de Myriam, une Française qui avait survécu à Auschwitz. A un bras, elle portait des bracelets voyants, à l'autre son numéro, tatoué en violet. Je n'arrivais pas à détacher mes yeux de ces chiffres.

« Ça t'impressionne? m'avait-elle demandé.

— Oui », ai-je répondu avec honnêteté.

De cette sincérité réciproque était née notre amitié. Quand la guerre avait éclaté, m'a-t-elle raconté, elle avait vingt-deux ans, il ne lui manquait plus qu'une année pour obtenir son diplôme de biologie.

« Mon père était un homme aux idées très avancées pour son temps; il m'avait eue sur le tard et, comme il était médecin, il m'avait toujours incitée à la curiosité. A sa grande joie, depuis que j'étais petite, j'étais attirée par tout ce qui était vivant : j'aimais observer, m'interroger, faire des expériences; pendant que mes camarades de classe se perdaient dans la mièvrerie des contes de fées, j'accomplissais une navigation solitaire entre les mitochondries et les enzymes; leurs processus étaient les seules magies qui pouvaient me couper le souffle. Mon idole était Madame Curie; je connaissais par cœur toutes les étapes de sa biographie. Je voulais devenir comme elle, mettre mon intelligence au service de l'humanité. Raisonner sur les choses a toujours été ma passion; étudiante, enflammée par l'atmosphère de cette époque, je voulais réussir à démontrer la démence du monde, sa folie.

« Au lieu de cela, l'histoire m'a brutalement poussée d'un autre côté. J'ai vu mon père et ma mère se diriger vers la mort, j'ai recueilli leur dernier regard avant qu'ils disparaissent dans l'antichambre des fours crématoires. J'aurais dû mourir moi aussi, des mois après, des représailles consécutives à une tentative de fuite, mais quelqu'un a fait un pas en avant à ma place; c'était un homme : à ma terreur de jeune fille, il a opposé sa sérénité.

« Je suis ici parce qu'il est parti en fumée : que pourrais-je être sinon un témoin, quelqu'un qui ne cesse de s'interroger sur ce pas ? Toutes les questions de ma vie sont dans ces modestes trente centimètres : un pas accompli, un autre pas retenu. »

Assise dans le coin le plus frais de la bibliothèque, nous passions des heures à parler de la mort, du cœur de l'Europe qui s'était transformé en cendres, en six ans seulement.

« Tout le monde dit : où était Dieu ? Pourquoi n'a-t-il pas mis fin au massacre d'un claquement des doigts, pourquoi n'a-t-il pas fait tomber sur les impies une pluie de braises, de feu et de soufre ? me répétait souvent Myriam. Mais moi je dis, au contraire : où était l'homme ? Où était la créature “à peine inférieure aux anges” ? Pourquoi les hommes ont-ils construit les chambres à gaz, pourquoi des ingénieurs spécialisés ont-ils établi l'angle exact de rotation des chariots des fours pour optimiser le temps — rien ne devait arrêter le rythme du recyclage; ils faisaient leurs calculs pendant que leurs épouses tricotaient au salon et que leurs enfants, dans leurs pyjamas de flanelle, dormaient dans leurs lits, en étreignant leur ours en peluche. Ce sont les hommes qui ont raflé les personnes, maison par maison, qui les ont débusquées des lieux les plus cachés; ce sont les hommes qui se sont inondé les mains de sang, qui ont tué les nouveau-nés à coups de pied, qui ont massacré les vieux; des hommes qui, au lieu de voir en l'autre un regard, n'ont vu qu'un objet. »

« Tu sais quel est le plus grand piège ? m'avait-elle dit un autre jour, en dépoussiérant les quelques centaines de livres qu'elle traitait avec la douceur dont on use avec les enfants : C'est que tout le monde est convaincu que l'holocauste a été un phénomène limité dans le temps; on se livre à des célébrations continuelles dans lesquelles, avec une juste fermeté, on répète en chœur : " Plus jamais ça ! Plus jamais une horreur semblable ne s'abattra sur la terre ! " Mais quand le bubon de la peste explose, qu'est-ce qui se passe ? Le malade guérit, l'épidémie s'arrête ? Ou au contraire, elle se diffuse avec encore plus de virulence, libérant les bactéries qui peuvent enfin porter la contagion partout ?

« Il faudrait, au contraire, avoir le courage de dire : " Encore et toujours ! " Parce que, encore et toujours, sous une apparence de normalité, les miasmes de ces années-là infectent notre époque, et nous préparent un holocauste de dimensions cosmiques. Et le lieu où l'on peut exercer la perfection technique, c'est la société.

« A Auschwitz, rien n'était laissé au hasard, il n'y avait ni gaspillage, ni perte de temps, il n'existait que le pur mécanisme; c'était l'organisation centrale qui s'occupait de tout : de cette programmation menaçante naîtrait enfin l'homme parfait, le seul capable de dominer le monde, et le seul digne d'y vivre.

« Et de quoi veut-on nous convaincre aujourd'hui, sinon du fait que notre société peut devenir parfaite, comme celle des fourmis ? Est-ce que les modèles vers lesquels nous devons tendre sont vraiment les abeilles et les fourmis ? Avons-nous des pattes, des antennes, des yeux prismatiques ?

« Les bûchers de la fin du communisme ne sont pas encore éteints et ses blessures ne sont pas encore refermées que l'on nous propose déjà un nouveau paradis sur terre : un monde sans maladies ni mort, sans difformités ni imperfections.

« Le paradis des apprentis sorciers. Nous maîtrisons tout, nous crient toutes les télévisions et tous les journaux du monde, alors que n'importe qui, s'il s'arrête ne serait-ce qu'un instant pour réfléchir, sait que nous ne maîtrisons rien, ni la possibilité de naître, ni le moment de la mort (à moins de se la donner soi-même), ni l'eau qui descend du ciel, ni les tremblements de terre qui provoquent des ravages.

« Aux apprentis sorciers, cette complexité échappe, convaincus qu'ils sont que les microns de réalité qu'ils dominent, depuis leurs pièces aseptisées, représentent l'univers. Et donc, ils mélangent allègrement les patrimoines génétiques des espèces, au nom du progrès (visible seulement pour eux et pour les multinationales qui signent leurs brevets), ils clonent les fleurs, les animaux et il est certain que, dans l'obscurité de quelques laboratoires, ils sont déjà en train de cloner des hommes (au fond, ce serait une manière commode de disposer d'une copie de nous-mêmes, afin de pouvoir prélever des pièces de rechange en cas de problème).

« Leur arme est la persuasion bienveillante : ils manipulent la bonne foi des personnes, en les persuadant que toutes ces œuvres dévastatrices n'ont que des buts philanthropiques : comment pourront se nourrir les milliards de pauvres du monde entier sans les nouvelles semences inventées par l'homme pour l'homme ? Mais je leur répondrai ceci : celles que le Seigneur a inventées ne suffisaient pas. N'y a-t-il pas, déjà, une extraordinaire complexité dans celles qui sont à notre disposition ? Et n'est-ce pas notre incapacité à voir cette complexité qui nous pousse à chercher de nouveaux horizons, qui sont, en réalité, des horizons de mort ?

« Quand l'homme rêve pour l'homme d'un monde sans douleur, sans imperfections, il déroule déjà des barbelés, il divise le monde entre ceux qui sont adaptés et ceux qui le sont moins, et ces derniers, à leurs yeux, ne sont guère plus qu'une surcharge, qu'il faut éliminer en chemin.

« Evidemment, je ne suis pas Madame Curie — la mission de l'homme *est* de soigner son prochain — mais quand ce soin devient délire de toute-puissance, quand il se mêle à la lutte pour des brevets qui valent des milliards, il se transforme en quelque chose qui n'a rien à voir avec les justes aspirations d'un être humain. Au lieu d'applaudir aux grandes promesses de la science, il faudrait avoir le courage de poser une question, au risque d'être aussi impopulaire que Jérémie : sans maladies, sans fragilité, sans incertitudes, en quoi l'homme se transforme-t-il ? Et que devient son prochain ? Sommes-nous des machines de plus en plus perfectibles, ou des créatures inquiètes et exilées ? Notre signification ultime réside-t-elle dans la toute-puissance, ou dans l'acceptation de notre précarité ? De la précarité naissent les questions : des questions peuvent naître le sens du mystère, la stupeur, mais les certitudes et la toute-puissance, que peuvent-elles engendrer ?

« Ne veulent-ils pas transformer l'homme en consommateur omnivore, perpétuellement insatisfait ? J'achète, donc je suis : c'est cela, l'horizon vers lequel nous sommes tous en train de nous diriger, avec la docilité des moutons ; sauf que notre destination n'est pas la bergerie, mais le gouffre ; l'idolâtrie est toujours aux aguets, dans le cœur de l'homme.

« Des catastrophes inimaginables nous attendent au coin de la rue. Comment peut-on penser toucher au cœur de l'atome, manipuler l'ADN, et aller encore plus loin ? Pendant que tout le monde danse, les écouteurs sur les oreilles et les yeux clos par les extases artificielles, je vois se rapprocher, de jour en jour, les lueurs de la fin. »

Une huppe marchait devant nous, en faisant osciller son toupet.

« On ne peut rien faire ? » avais-je demandé.

Myriam s'était tournée vers moi et m'avait scrutée longuement, en silence — de quelles profondeurs venait la lumière de ses yeux ? — puis elle avait dit : « Bien sûr, il faudrait se repentir, ouvrir son cœur et son esprit à Sa parole. Chasser les dieux qui, depuis trop longtemps, font bombance dans notre cœur. Au lieu de la loi de l'ego, il faudrait observer la loi de l'alliance.

— Mais la loi n'est pas une prison ?

— Oh, non, avait-elle dit avec un sourire, la loi est la seule voie dans laquelle l'amour peut grandir... »

Un miaulement avait interrompu mes souvenirs : devant la porte de la chapelle était apparue une chatte très maigre, la queue aussi fine qu'un crayon ; quand je l'ai appelée, elle s'est mise à ronronner, accueillant avec une expression ravie mes petits grattements sous son menton.

Dehors, le soleil avait dépassé le zénith, dans la chapelle, l'air était torride. Avant de sortir, j'ai délicatement effleuré la pierre sur laquelle était gravé ton nom pour passer ensuite à celle de maman, avec les deux dates de sa vie, ses années si brèves.

Pendant un moment, la chatte m'a suivie vers la sortie, avant de disparaître derrière une pierre tombale. Les seules fleurs qui résistaient dignement étaient celles en plastique ; toutes les autres pendaient, épuisées par la canicule ; autour des robinets se pressaient des dizaines de guêpes qui se bousculaient furieusement, dans l'espoir de s'emparer d'une goutte d'eau.

Avant de quitter le cimetière, je me suis tournée une dernière fois pour contempler ses hauteurs (qui accueillaient aussi le cimetière juif et le cimetière ottoman) : vous tous — toi, ma mère, mon père — vous étiez là, pendant que devant moi s'ouvrait l'espace inconnu de la vie ; dans le bien et dans le mal, vous m'aviez appris beaucoup de choses : d'une certaine manière, vos erreurs constituaient pour moi une richesse.

De retour à la maison, j'ai continué à faire du ménage.

J'ai ouvert toutes les fenêtres pour chasser l'odeur de renfermé ; la lumière estivale entrait à flots, éclairant la pénombre des pièces. Je suis entrée dans ta chambre pour prendre des draps propres. L'armoire à linge était parfaitement rangée; Dieu sait pourquoi, elle avait échappé à la fureur de ta maladie : çà et là étaient encore dispersés les sachets de lavande que je t'avais vue confectionner si souvent, avec une grande habileté. Quand j'ai allongé le bras pour prendre les draps en lin de ton trousseau, ceux aux initiales brodées, j'ai vu une grande enveloppe jaune posée dessus. *Pour toi*, avais-tu écrit, d'une main incertaine.

Je ne l'avais jamais vue avant : depuis quand était-elle là ? S'y trouvait-elle avant ta maladie, ou remontait-elle à la période des gestes inachevés, quand tes actions, désormais, prenaient un autre chemin, pour des raisons inconnues de toi-même ? Je l'ai ouverte et j'ai vu qu'elle contenait un gros cahier avec une couverture à fleurs : à ce moment-là, je ne me sentais pas prête à affronter ce qui pouvait se trouver à l'intérieur : je l'ai donc posé sur la table de la cuisine, et j'ai continué à faire du ménage jusque tard dans l'après-midi.

Tout en travaillant avec entrain, ce jour-là, j'avais pris deux décisions importantes. La première concernait le chien : le lendemain, j'irais au chenil en choisir un autre, car je ne supportais pas ce jardin vide ; la seconde concernait mon avenir : en automne, je m'inscrirais à l'université et étudierais les sciences de la forêt, car j'avais enfin compris ce que je voulais faire pour le restant de mes jours : m'occuper des arbres.

Quand la chaleur du soleil s'est atténuée, je me suis mise à arroser le jardin. Le rosier était en fin de floraison, et il ne semblait pas avoir trop souffert de mon éloignement, alors que les hortensias semblaient plutôt mal en point : je les ai arrosés longuement, lançant, de temps à autre, le jet en l'air, pour le voir se transformer en poussière dorée.

A la fin, j'ai pris un transat, et, ton cahier à la main et un verre d'orangeade dans l'autre, je me suis installée au milieu du pré.

Sur la première page, en haut à gauche, était écrit : *Opicina, 16 novembre.*

L'écriture était la tienne, c'était celle que j'avais toujours connue, soignée et régulière. Cela commençait ainsi :

Tu es partie depuis deux mois, et depuis deux mois, à part une carte postale dans laquelle tu m'informais que tu es toujours vivante, je suis sans nouvelles de toi...

TABLE

Cet ouvrage a été composé et imprimé par la
SOCIÉTÉ NOUVELLE FIRMIN-DIDOT
Mesnil-sur-l'Estrée
pour le compte des Éditions Plon
76, rue Bonaparte
*Paris 6e*
en octobre 2006

Imprimé en France
Dépôt légal : octobre 2006
N° d'édition : 14098 – N° d'impression : 81445